D1723951

S. J. AGNON
LIEBE
UND TRENNUNG

Erzählungen

Aus dem Hebräischen von
Gerold Necker

Jüdischer Verlag
Frankfurt am Main

Die Erzählung vom Kopftuch wurde von Nachum N. Glatzer
aus dem Hebräischen übersetzt.

Erste Auflage 1996
© world copyright by Schocken Publishing House Ltd.,
Tel Aviv, Israel
© dieser Ausgabe Jüdischer Verlag im Suhrkamp Verlag
Frankfurt am Main 1996
Alle Rechte vorbehalten
Satz und Druck:
MZ-Verlagsdruckerei GmbH, Memmingen
Printed in Germany

INHALT

AGUNOT

Eine große Begebenheit aus dem Heiligen Land,
es möge aufgebaut und errichtet werden.

Rabbi S. ben Zion gewidmet

1

Es heißt: Ein Faden der Gnade durchzieht Israels Taten,
und der Heilige selbst, er sei gepriesen, in seiner Herrlichkeit, sitzt und webt Bahn um Bahn einen Gebetmantel, der
ganz aus Huld und Gnade besteht, für die Gemeinde Israel,
um sich darin einzuhüllen. Selbst in jenen Ländern, wo sie
im Exil lebt, strahlt der Glanz ihrer Schönheit wie zu ihrer
Jugendzeit im Haus ihres Vaters, im Tempel des Königs, in
der königlichen Stadt. Wenn Gott, er sei gepriesen, sieht,
daß Israel auch unter ihren Feinden weder häßlich – das sei
ferne – noch abstoßend ist, neigt er der Gemeinde sein
Haupt zu, wenn man so sagen darf, und preist sie mit den
Worten: »Schön bist du, meine Freundin, ja du bist schön«
(Hld 1,15; 4,1). Und dies ist das Geheimnis von Größe und
Macht, von Erhöhung und zärtlicher Liebe, dessen jeder
Mensch aus der Gemeinde Israel gewahr wird. Doch
manchmal ereignet sich – Gott bewahre uns – ein Mißge-
schick und unterbricht einen Faden im Gewebe, beschädigt
den Gebetmantel, läßt böse Einflüsse eindringen, die ihn in
Stücke reißen und ein Gefühl der Scham auslösen: »Und sie
erkannten, daß sie nackt waren« (Gen 3,7). Ihre Ruh' ist
hin, ihr Fest ist aus. Schmutz bekommen sie anstelle von

Schmuck.[1] Dann irrt die Gemeinde Israel umher, trauert und heult: »Sie schlugen, sie verletzten mich, den Mantel entrissen sie mir« (Hld 5,7). Ihr Geliebter ist fort, hat sie verlassen, doch sie sucht ihn[2] und seufzt: »Wenn ihr meinen Geliebten findet, sagt ihm, ich bin krank vor Liebe« (Hld 5,8). Und diese Liebeskrankheit führt nur zu schwerem Verdruß – Gott bewahre uns –, bis uns vom Himmel der Geist zur Umkehr eingegeben wird, daß wir uns wieder den guten Werken zuwenden, die jenen, die sie verrichten, gut anstehen, so daß der Faden von Huld und Gnade vor dem Herrn weitergesponnen wird.

Davon ist auch in der folgenden Geschichte die Rede, die der Verfasser erzählt: eine großartige und furchtbare Geschichte aus dem Heiligen Land, die von einem außergewöhnlich reichen Mann handelt, dem ehrwürdigen, reichen Wohltäter Achi'eser, der alles daran gesetzt hatte, aus der Diaspora in die heilige Stadt Jerusalem – möge sie aufgebaut und errichtet werden – einzuwandern, um dort viel für die Wiederherstellung zu tun und den »Vorhof«[3] inmitten seiner Verwüstungen ein wenig wohnlicher zu machen, bis wir würdig sind, daß er zum Palastraum wird, wenn der Heilige, er sei gepriesen, schon bald, in unseren Tagen noch, seine Herrlichkeit wieder in Zion wohnen läßt.[4]

Gott möge daran denken und es jenem hochgestellten Mann zugute kommen lassen,[5] was er für seine Brüder getan hat, für sein Volk, die sich vor dem Herrn in den »Ländern des Lebens«[6] niedergelassen haben, obgleich ihm dabei kein Erfolg beschieden war.

Rabbi Achi'ezer hatte keine männlichen Nachkommen, doch jeden Tag lobte er siebenmal[7] den Herrn, er sei gepriesen, für seine einzige Tochter, die ihm geschenkt worden war. Wie seinen Augapfel hütete er sie, stellte Kindermädchen, Dienerinnen und Mägde ein, die sie umsorgten, und jeder ihrer Wünsche wurde sogleich »mit königlicher Großzügigkeit«[8] erfüllt. Sie verdiente diese Ehre wirklich, weil in ihr alle guten Wesenszüge vereint waren. Ihr Angesicht strahlte wie das einer Königstochter, sie war fromm und tugendhaft wie eine der Stammesmütter, der Klang ihrer Stimme glich der Musik von Davids Harfe und ihre ganze Art war bescheiden und sittsam. »Alle Herrlichkeit (der Königstochter) ist innen« (Ps 45,14): im Innersten des Hauses hielt sie sich auf, so daß nur diejenigen, die an diesem fürstlichen Hof aus- und eingingen, sie zuweilen erblickten, wenn sie am Abend, kurz vor Sonnenuntergang, im Palastgarten unter wohlriechenden Bäumen und zwischen Rosenbeeten wandelte; eine Schar von Tauben umflatterte sie dann in der Dämmerung, die für sie zärtlich gurrten und ihre Flügel über sie ausbreiteten wie die goldenen *Kerubim*[9] über der heiligen Bundeslade.

Und als sie in das Alter kam, da die Zeit der Liebe beginnt, sandte ihr Vater Boten in alle Gegenden der Zerstreuung Israels, um einen würdigen jungen Mann zu finden, ein Vorbild an Tugend und Gelehrsamkeit, der auf der Welt nicht seinesgleichen hätte. Doch hier griff der Satan ein – nicht umsonst wurde gemurrt, daß Rabbi Achi'eser die Lehrhäuser und Talmudschulen im Lande Israel beschämte, da er für seine Tochter unter jenen, die außerhalb des Landes lebten, im Exil, nach einem Bräutigam Ausschau hielt. Aber wer könnte so einem großen, hochgestellten Mann wie Rabbi Achi'eser sagen, was er zu tun habe? Alles war voll gespannter Erwartung, was für eine Partie der Heilige, er sei gepriesen, dieser verborgenen Kostbarkeit, dieser wunderschönen, einzigartigen und gepriesenen Tochter Jerusalems vorherbestimmt hatte.

Nach einigen Monaten kam ein Brief von den Boten, in dem es hieß: »Hiermit wollen wir Euch voll Freude bekunden: im Lande Polen haben wir ihn mit Gottes Hilfe gefunden, den wunderbaren, edlen Jüngling, und seine Schönheit ist nicht gering, die Gelehrsamkeit nicht zu vergessen: keiner kann sich mit ihm messen; er ist fromm, von guter Herkunft und bescheiden, die sieben Tore der Weisheit sind ihm eigen, ein würdiger, tugendhafter Mann, den man nur loben und preisen kann; von den größten Gelehrten der Zeit umgeben, hatte er teil an ihrem Ruhm, ihm galt der Segen, daß ihm die Zukunft nur Gutes verschafft – von ganzem Herzen und mit aller Kraft wünschten sie ihm dies und vieles mehr.«[10]

Der reiche Wohltäter Achi'eser sah, daß sich sein Wunsch erfüllte, und er sagte sich: »Nun wäre es angebracht, wenn dieser Bräutigam einer großen Talmudschule in Jerusalem vorstehen würde, so daß von überall her die Schüler in Scharen zu ihm kämen, um in Zion in der Lehre unterrichtet zu werden.« Was tat er? Er warb alle möglichen großen Künstler an, ließ ein prachtvolles Gebäude bauen und weiß kalken, streichen und die Wände überziehen, Wagenladungen voll kostbarer Bücher hineinbringen, alles, was zur Lehre von Gottes Wort nötig war, sah darin auch einen Gebetraum vor, den er mit allen möglichen Ornamenten schmücken ließ, beauftragte die Toraschreiber, Torarollen zu schreiben, und die Goldschmiede, sie zu verzieren, damit das Gebet jenes Gelehrten in unmittelbarer Nähe zu seiner Lehre wäre, und er dort den würdigen Rahmen hätte für das Gebet: »Er ist mein Gott, ihn will ich preisen« (Ex 15,2). Noch mehr als um Ausstattung und Schmuck des Gotteshauses sorgte sich der reiche Wohltäter um einen Toraschrein, der von solcher Schönheit wäre, wie ihn noch kein Auge je gesehen hätte.

Er begann, sich nach einem geeigneten Künstler umzusehen. Er fand einen, der sich durch seine kunsthandwerklichen Fähigkeiten besonders auszeichnete. Sein Name war Ben Uri. Dieser Mann war schweigsam und bescheiden, ein einfacher Handwerker, hätte man meinen können, wenn seine Augen nicht diese Ausstrahlung gehabt hätten, und wenn seine Hände nicht so talentiert gewesen wären. Bei ihm gab er den heiligen Toraschrein in Auftrag.

2

Rabbi Achi'eser nahm Ben Uri zu sich und richtete ihm einen besonderen Raum im untersten Stockwerk seines Hauses ein. Ben Uri brachte seine Werkzeuge und begann, sich auf die Arbeit vorzubereiten. Ein neuer Geist beseelte ihn dort, ganz plötzlich. Den ganzen Tag sang er während der Arbeit, die er angefangen hatte.

Dina, Rabbi Achi'esers Tochter, hörte ihn und trat ans Fenster, spähte hinaus und lauschte; die Werkstätte zog sie – Gott verhüte es – magisch an. Sie ging auch hinunter, um den Künstler bei der Arbeit zu sehen, und ihre Dienerinnen begleiteten sie. Sie betrachtete den Schrein, rührte in des Künstlers Farben, untersuchte die Schnitzereien und nahm die Werkzeuge in die Hand, während Ben Uri seine Arbeit tat, an den Scharnieren des Schreins schnitzte und dabei sang, schnitzte und sang. Dina hörte ihm zu und vergaß alles darüber. Und er hoffte mit seinem Gesang gleichfalls so auf sie zu wirken, daß sie noch bleibe, daß sie niemals von ihm fortgehen würde. Doch je mehr Ben Uri sich in seine Arbeit vertiefte, um so mehr wurde er von seinem Werk in Anspruch genommen, bis er nur noch Augen für den Toraschrein hatte und an nichts anderes mehr dachte.[11] Dina schwand aus seinem Gedächtnis, und er vergaß sie. Nach kurzer Zeit hörte Ben Uri auf zu singen, und man hörte seine Stimme nicht mehr. Tag für Tag stand er über seine Arbeit gebeugt und fertigte schöne Figuren auf dem Toraschrein an, die er ganz lebendig zu gestalten wußte: die Löwen oben, paarweise, mit goldenen Mähnen, ihr Maul wie zum Brüllen geöffnet, um gleichsam die Größe Gottes, sein Name sei gepriesen, zu künden; über den Türangeln Adler mit ausgebreiteten Flügeln, als ob sie zum Flug ansetzten, um zu den heiligen Tieren über ihnen zu fliegen, und wenn die goldenen Glöckchen beim Öffnen des Toraschreins ertönen, bewegen sie ihre Flügel und »würzen den Wohlklang«.[12] Schon hatten sich die Vornehmen Jerusalems auf die Einweihung des Toraschreins vorbereitet, auf den Tag, da man ihn in das Gotteshaus bringen würde, das der reiche Wohltäter errichten ließ, und die mit goldenen und silbernen Kronen und allem heiligen Zierat geschmückten Torarollen Einzug halten würden.

Ben Uri war ganz versunken in seine Arbeit, den Schrein so schön wie möglich zu gestalten; dabei wurde er von einer Erregung ergriffen, wie er sie nie zuvor gekannt hatte. In keinem Land, in keiner Stadt, bei keiner Arbeit hatte er je Ähnliches empfunden wie hier, wo sich die *Schechina*, Gottes Gegenwart, geoffenbart hatte und – wegen unserer zahlreichen Sünden – in die Verbannung geschickt worden war. Es dauerte nicht lange, und die Arbeit war getan. Ben Uri betrachtete das Werk seiner Hände, voller Verwunderung darüber, wie es formvollendet vor ihm stand, während er selbst einem ausgeleerten Gefäß glich. Trauer überkam ihn, und er begann zu weinen.

Ben Uri ging hinaus, um frische Luft unter den Bäumen

des Gartens zu schöpfen, damit er ein wenig zu Kräften käme. Im Westen ging die Sonne unter, und der Himmel färbte sich rot. Ben Uri suchte den entlegensten Winkel des Gartens auf, »legte sich nieder und schlief ein« (Jona 1,5). Zur selben Zeit verließ Dina ihr Zimmer. Sie hatte nur ihr Nachthemd an, und ihr Gesicht verriet Furcht. Seit vielen Tagen hatte sie Ben Uris Stimme nicht mehr gehört, noch ihn selbst gesehen. Sie trat bei ihm ein, um das Werk seiner Hände in Augenschein zu nehmen. Sie traf ihn nicht an, als sie kam. Dina stand in Ben Uris Zimmer; der Schrein Gottes befand sich vor dem geöffneten Fenster, dort, wo Ben Uri zu arbeiten pflegte. Sie näherte sich dem Schrein und betrachtete ihn. Satan erschien und träufelte das Gift der Eifersucht in ihr Herz. Mit dem Finger zeigte er auf den Schrein und sagte zu ihr: »Was meinst du wohl, was Ben Uris Stimme verstummen ließ – doch nur diese Lade.« Während er mit ihr sprach, legte sie Hand an den Schrein und gab ihm einen Stoß. Er schwankte und fiel durch das offene Fenster hinaus.

Der Schrein war gefallen und dennoch völlig unbeschädigt geblieben, nicht ein Teil war zerbrochen, nicht einmal eine Schramme hatte er bekommen; zwischen den Blüten des Gartens lag er dort unter dem Fenster, Rosen neigten sich über ihn, Blumen, die wie auf dem Grab eines Toten trauerten. Die Nacht breitete einen schwarzen Samtvorhang über den Schrein. Zwischen den Wolken schaute der Mond hervor, und es war, als ob er silberne Fäden in Form eines Davidsterns in den Vorhang stickte.

3

Nachts liegt Dina mit klopfendem Herzen auf ihrem Lager; ihr Unrecht und ihre Sünde wiegen schwer – »wer kann es ertragen« (Spr 18,14)? Dina vergrub ihr Gesicht voll Gram und Scham in einem Kissen. Wie könnte sie die Augen zum Himmel heben und um Barmherzigkeit bitten? Sie sprang von ihrem Bett auf und zündete eine Kerze am Leuchter an. In dem großen Spiegel gegenüber leuchtete der Widerschein der Kerze auf. Dieser Spiegel hatte ihrer seligen Mutter gehört, und von ihrem freundlichen Gesicht war nichts mehr darin zu sehen: wenn sie jetzt vor ihn treten würde, dann würde er ihr nichts anderes zeigen als das Gesicht einer Sünderin, einer Verbrecherin. »Mutter, meine Mutter«, schreit es in ihrem Innern, doch niemand antwortet ihr. Dina erhob sich und ging zum Fenster, stützte ihr Haupt auf die linke Hand und blickte hinaus. Um sie herum erheben sich die Berge von Jerusalem, ein Wind weht von dort herab und in ihr Zimmer hinein, bläst die Kerze aus – wie vor einem Kranken, damit er schlafen kann – und verfängt sich in ihren Haaren, kräuselt sie, und es ist, als führe er klangvolle Melodien mit sich, solche, wie sie Ben Uri gesungen hat. Wo mag er sein?

Wie eine Harfe, deren Saiten gerissen und deren Klänge verstummt sind, ruht Ben Uri unter den Gartenbäumen. Und der Schrein liegt im Hof. Der Engel der Nacht hat seine dunklen Flügel darüber ausgebreitet, und die Löwen und Adler auf dem Schrein werden von seinem Schatten bedeckt. Ein ungetrübter Mond trat zwischen den Wolken hervor, und ein zweiter Mond taucht auf der Wasseroberfläche des Gartenteiches auf; sie stehen einander gegenüber wie die zwei Kerzen am Sabbat. Und womit kann der

Schrein in dieser Stunde verglichen werden? Mit einer Frau, die ihre Hände zum Gebet ausbreitet, und ihre beiden Brüste, die zwei Bundestafeln, erheben sich, im Gebet mit ihrem Herzen vereint vor ihrem himmlischen Vater: »Herrscher der Welt, diese Seele, die du ihm eingehaucht hast, nahmst du ihm wieder fort,[13] sieh doch, wie ein seelenloser Körper liegt er jetzt vor dir, und Dina dort, diese reine Seele, wurde nackt in die Verbannung getrieben. Wie lange noch werden die Seelen in deiner Welt zur Einsamkeit verdammt?[14] Soll nur wehmütiger Gesang in deinem Tempel erklingen?«

Das ganze Volk Israel in Jerusalem kam zusammen, um den Schrein aus dem Zimmer des Künstlers in die Synagoge zu bringen. Sie gingen zu Ben Uri und sahen, daß die Gotteslade fort war. Sie waren bestürzt und riefen: »Wo ist der Schrein? Wo ist er hingekommen?« Während sie noch schrien, entdeckte man den Schrein, der unter dem Fenster im Hof lag. Sie begannen, sich über den Künstler aufzuregen: »Dieser Nichtswürdige, was für ein schlechter Mensch muß das sein, der es nicht wert war, diese heilige Arbeit auszuführen, und daß sein Werk nun, da er es vollbracht hat, vom Himmel verstoßen wurde!« Nach dem Beschluß des Rabbiners mußte der Schrein der Öffentlichkeit entzogen werden. Zwei Araber kamen und brachten den Schrein in die Holzkammer. Mit bedrücktem Herzen und verhülltem Haupt ging ganz Israel auseinander.

Die Morgenröte brach an und erleuchtete den ganzen östlichen Himmel. Die Menschen in Jerusalem erwachten wie aus einem bösen Traum. Der Schrein war verborgen, die Freude getrübt und der Künstler, wer weiß wohin, verschwunden. Im Hause des reichen Wohltäters herrschte Trauer.

Tag und Nacht blickt Dina durch das Fenster. Sie hebt

ihre Augen in die Höhe und senkt den Blick dann wie eine Sünderin. Der reiche Wohltäter Rabbi Achi'eser wird von Sorgen gequält. Die Synagoge, die er bauen ließ, ist noch immer leer, ohne Schrein, ohne Tora und ohne Gebet. Der reiche Wohltäter beeilte sich, anstelle von Ben Uris Schrein einen anderen anfertigen zu lassen. Er ließ ihn in der Synagoge aufstellen, doch dieser schien nur an das Unglück zu erinnern. Jeden, der zum Beten in diese Synagoge geht, überkommt sofort – Gott bewahre uns – bittere Schwermut, die ihn dazu bringt, irgendeine andere heilige Stätte aufzusuchen, um Gott sein Herz auszuschütten.

4

»Die Zeit zum Singen ist da« (Hld 2,12): die Festtage der Hochzeit stehen kurz bevor, und in Rabbi Achi'esers Haus wird geknetet, gebacken und gekocht, man bringt hübsche Tücher und hängt sie an den Hoftoren auf, alles zu Ehren des Tages, an dem seine Tochter unter den Baldachin treten wird, um von dem anerkannt gelehrten Herrn Ezechiel – Gott bewahre und erhalte ihn – glücklich heimgeführt zu werden.

»Seht auf den Bergen die Schritte des Freudenboten« (Nah 2,1): ein Bote wurde eigens mit einem Schreiben losgeschickt, in dem es hieß: »Haltet euch bereit für den dritten Tag!« Und alle bereiteten sich darauf vor, den Freudentag von Braut und Bräutigam zu feiern; man sprach von dem kostbaren Kleinod, das die Gesandtschaft aus dem Meer des Talmudstudiums in Polen geborgen hatte, und daß die bevorstehende Hochzeit ein Fest geben würde, wie man es in Jerusalem seit dem Tag, da seine Söhne ins Exil gingen, nicht mehr gesehen hat. Die Leute von Jerusalem gingen zur Stadt hinaus, um den Bräutigam zu begrüßen, und brachten ihn unter tiefen Ehrenbezeugungen, mit Paukenschlägen, Freudentänzen und Zimbelklängen zum Haus von Rabbi Achi'eser. Er war von königlicher Erscheinung, und man hörte nur weise Worte von ihm, die sich wie Perlen aneinanderreihten. Der Tag der Trauung kam. Man führte die Braut zum Rabbi, damit sie den Segen von ihm erhalte. Die Braut weinte und sagte mit tränenerstickter Stimme: »Alle sollen hinausgehen« (Gen 45,1). Als alle Leute draußen waren, erzählte sie dem Rabbi die ganze Geschichte, wie es gekommen war, daß der Schrein hinaus- und hinunterfiel. Der Rabbi erschrak, bestürzt stand er da, nichts entsprach mehr seinen Vorstellungen und Erwartungen. Aber aus Respekt vor der Braut an diesem Tag, da sie Vergebung erwartete, spendete er ihrem Herzen Trost. »Mein Kind«, sagte er, »unsere Weisen, ihr Andenken sei zum Segen, haben gesagt, daß ein Mensch, wenn er eine Frau heiratet, seiner Sünden ledig wird. Es heißt nicht: wenn ein Mann heiratet, sondern: wenn ein Mensch heiratet; daraus folgt, daß sowohl dem Mann, der heiratet, als auch der Frau, die heiratet, gleichermaßen ihre Sünden von Gott vergeben werden. Und wenn du einwendest, wie es denn sein könne, daß den Frauen die Sünden vergeben werden, da ihnen doch so wenig religiöse Pflichten auferlegt sind, dann bedenke vielmehr, daß ihnen von Gott, sein Name sei gepriesen, etwas sehr Wichtiges anvertraut wurde, und was ist es? Das ist die Erziehung gottesfürchtiger Kinder«. Er sprach auch über die Vorzüge ihres Bräutigams, um in ihr zärtliche Gefühle für ihn zu wecken und in ihrem Herzen die Liebe zu ihm zu entfachen. Und in bezug auf den Schrein deutete er an, daß Schweigen angebracht wäre; er würde dafür sorgen, daß der Schrein seinen

Platz in der Synagoge bekäme, und Gott in seiner Güte würde ihr Vergebung gewähren. Nachdem die Braut das Haus des Rabbiners verlassen hatte, ließ dieser dem Rabbi Achi'eser mitteilen, daß der Schrein von Ben Uri in der Synagoge aufgestellt werden solle. Man ging ihn holen, fand ihn aber nicht. Gestohlen oder versteckt oder in den Himmel aufgefahren – wer kann das schon sagen?

Der Tag neigte sich, die Sonne ging unter. Die Vornehmen Jerusalems versammelten sich in Rabbi Achi'esers Palast, um das Hochzeitsfest seiner Tochter zu feiern. Jerusalem glänzte in festlichem Licht, und die Bäume des Gartens »dufteten wie der Libanon« (Hld 4,11). Die Musiker holten ihre Instrumente hervor, und die Diener klatschten in die Hände, um die Stimmung zu heben. Trotzdem herrschte der Eindruck einer – Gott bewahre uns – allgemeinen Bedrücktheit vor, die die Trauzeremonie des Paares verdarb, ja geradezu den Baldachin über ihren Häuptern zerriß. Man setzte sich bei dem reichen Wohltäter zu Tisch und wollte das Hochzeitsmahl genießen. Talmudgelehrte laben sich an Leckerbissen und gewürztem Wein, aus voller Kehle singen sie Lieder und Hymnen. Der *Badchan*[15] ruft zum Tanz auf, und die Frommen beginnen den vorgesehenen Reigen, um Braut und Bräutigam zu erfreuen. Doch dieses schöne Paar ist in Schwermut verfallen, die wie eine Wand zwischen ihnen steht und sie gewaltsam voneinander trennt. Die ganze Nacht lang kamen sie sich nicht näher, nicht einmal, als man sie in das für sie vorgesehene Zimmer geleitet hatte. Er hatte sich in einer Zimmerecke niedergelassen und hing abwesend seinen Gedanken nach, und sie saß in einem anderen Winkel und war mit ihren Gedanken woanders. Er kam ins Grübeln und dachte an das Haus seines Vaters, wo seit dem Todestag seiner Mutter, sie ruhe in Frieden, die Mutter von Freidele, seiner Nachbarin, Dienst tat, und Dina war in Gedanken bei dem Schrein und seinem Künstler, der aus der Stadt verschwunden war, und keiner wußte wohin.

Zum Morgengebet erhob sich Dinas Gatte, hüllte sich in den Gebetmantel und legte die Gebetriemen an. Seit den sieben Tagen des Festmahls ist er Bräutigam, ohne daß man ihn allein gelassen hätte, um ihn vor Dämonen zu schützen. Aber die Dämonen haben sich in seinem Herzen eingenistet und setzen ihm böse zu. Besonders dann, wenn er andächtig das »Höre Israel, der Herr, unser Gott ist einer«[16] beten will und die Augen mit der Hand bedeckt, um das letzte Wort auszuhalten, ohne daß ihn irgend etwas dabei störe, sieht er sogleich Freidele vor sich. In dem kleinen Raum vor seiner Handfläche steht sie ihm, wie sie leibt und lebt, vor Augen, ihre Gegenwart läßt ihn nicht mehr los, bis er die Gebetriemen auszieht und in die Tasche legt, in die Tasche, die Freidele für ihn genäht und Buchstaben darin eingestickt hat. Er wickelt die Tasche in seinen Gebetmantel ein, um sie vor den Augen der Menschen zu verbergen. Sein Vater beobachtet ihn voll Ärger und Sorge. Was fehlt seinem Sohn denn im Hause des Schwiegervaters? Etwa Reichtum? Hier gab es Reichtum im Überfluß! Eine Frau? Er hat doch eine hübsche und fromme Frau. Und ein Heim – er wohnt hier wie in einem Königspalast. Warum fühlt er sich nicht wohl? Mit sieben Segenssprüchen hatte man Braut und Bräutigam zum Festmahl begleitet und sie nebeneinander gesetzt. Sie sind sich ganz nah, ihre Herzen aber weit voneinander entfernt.

5

Nie kamen sie sich näher. Monat um Monat vergeht. Viele Schüler trafen ein, um die Lehre aus dem Mund von Rabbi Ezechiel zu vernehmen, und die Talmudschule war ganz von heiliger Lehre erfüllt. Er hatte eine begnadete Gabe, die Tora auszulegen,[17] sei es dem Wortsinn nach oder durch halachische und aggadische Deutung oder unter Hinweis auf den mystischen Sinn – alles, was aus seinem Munde kam, leuchtete im Licht der Tora. Doch mitten im Unterricht zieht sich ihm das Herz zusammen vor lauter Gram, als empfände er – Gott möge es verhüten – keinen Dank dafür, daß er in das Heilige Land kommen durfte.

Dina sitzt einsam und still in ihrem Zimmer. Manchmal geht sie für kurze Zeit hinaus und sucht den Winkel auf, wo Ben Uri bei seiner Arbeit an dem Schrein gesessen hatte; sie betrachtet die Werkzeuge und Materialien, die Staub angesetzt haben. Verzweifelt ringt sie die Hände und singt von Ben Uri Lieder, bis die Tränen in ihren Augen sie blinzeln lassen. Ihre »Seele weint im Verborgenen wegen des Hochmuts« (Jer 13,17). Einmal ging Rabbi Ezechiel dort vorüber und hörte eine schöne Melodie aus dem Zimmer. Er wollte stehenbleiben und lauschen; man erzählte ihm, daß dieser Gesang von keiner menschlichen Stimme herrühre, sondern von jenen Geistern im Zimmer, die aus Ben Uris Mundhauch entstanden, als er noch dort saß und Lieder sang. Sofort entfernte sich Rabbi Ezechiel. In Zukunft wandte er sich stets ab, wenn er dort vorübergehen mußte, damit seine Ohren nicht – Gott behüte – in den Bann der Melodien jener Geister gerieten.

Gegen Abend geht Rabbi Ezechiel aus der Stadt und spaziert in den Bergen. Die Mächtigen im Lande Israel gehen nun hinaus, ihre Diener schlagen vor ihnen mit dem Stock auf, so daß das ganze Volk ihnen furchtsam Ehre erweist; und die Sonne breitet für jeden einzelnen Frommen ein purpurnes Zelt am Himmel aus, da sie sich zum Untergang neigt, um den Schöpfer zu grüßen. Auf aramäisch sagt man: »Dies Glück ist demjenigen verheißen, dem es zu seinen Lebzeiten gelingt, sich im Heiligen Lande niederzulassen; und nicht nur das, sondern wem dies in seinem Leben beschieden ist, der wird auch für wert befunden, daß der Heilige Geist allezeit auf ihm ruhe.« Aber Rabbi Ezechiel steht zwar mit beiden Beinen an den Toren Jerusalems, doch seine Augen und sein Herz sind den Synagogen und Lehrhäusern in der Diaspora zugewandt, und im Geiste stellt er sich vor, wie er unter den jungen Männern seiner Heimatstadt auf die Felder geht, um in der Abenddämmerung frische Luft zu schöpfen.

Einmal trafen sie auf Freidele, die dort mit ihren Freundinnen sitzt und singt:

> In die Ferne soll er, wo sie
> nicht mit der Mitgift kargen,
> sein Herr Vater will es so, wer
> könnte es ihm verargen.

Eines Tages kehrte ein Abgesandter der Rabbanim aus den Ländern der Diaspora nach Jerusalem zurück. Er brachte einen Brief für den Schwiegersohn des reichen Wohltäters Achi'eser mit: Sein Vater hatte die Heimreise in seine Stadt glücklich beendet und sich so kraftvoll wie früher wieder seiner Aufgabe als Richter und Lehrer gewidmet. Nebenbei teilte er seinem Sohn mit, daß Freidele einen Ehemann gefunden und sich mit ihrer Mutter in einer anderen Stadt niedergelassen hatte; die Frau des Gemeindedieners führte ihm jetzt den Haushalt. Rabbi Ezechiel las den Brief und weinte. Freidele war verheiratet, und er dachte immer noch an sie. Und wo war seine Frau? Sie ging oft an ihm vorüber, aber mit abgewandtem Gesicht, und auch er schaute in eine andere Richtung.

Monate kommen und gehen. Die Talmudschule verödet; die Schüler stehlen sich heimlich fort. Sie brechen einen Zweig im Garten ab, schnitzen sich einen Stock daraus und machen sich auf den Weg. Alle bemerken, daß Rabbi Ezechiel – Gott bewahre uns davor – Schaden an seiner Seele genommen hat. Rabbi Achi'eser erkannte, daß kein Segen auf dem Werk seiner Hände ruhte, daß diese Ehe unglücklich verlief, und daß dies überhaupt keine Ehe war.

Mit niedergeschlagenen Augen begab sich das Paar zum Rabbiner. Rabbi Ezechiel ließ sich von seiner Frau scheiden. Genausowenig wie er sie während der Trauung angeblickt hatte, sah er sie während der Scheidung an. Und so, wie Dina seine Stimme nicht hörte, als er zu ihr sagte: »Siehe, nun bist du mir heilig angetraut«, hörte sie auch jetzt nicht, wie er sagte: »Siehe, nun bist du geschieden von mir.« Unsere Weisen, ihr Andenken sei zum Segen, haben gesagt, daß über jeden, der sich von seiner ersten Frau scheiden läßt, sogar der Altar Tränen vergießt[18]; doch bei dieser Ehe hat der Altar schon bei der Trauung Tränen vergossen. Bald darauf verließ Rabbi Achi'eser mit seiner Tochter Jerusalem. Erfolglos war seine Einwanderung geblieben, und alles, was er angestrebt hatte, war schlecht ausgegangen. Beschämt und niedergeschlagen ging er fort. Der Palast wurde verriegelt, die Talmudschule war verwaist, und die notwendige Anzahl, die sich in der Synagoge zu Ehren des mächtigen Mannes zu versammeln pflegte, kam nicht einmal beim ersten Nachmittagsgebet zum Gemeindegebet zusammen.

6

In jener Nacht studierte der Rabbi den Talmud und schlief darüber ein. Er träumte, daß er ins Exil gehen müsse. Am Morgen beschloß er, um das Unglück des Traumes abzuwenden, den ganzen Tag zu fasten. Nachdem er nur ein paar Bissen zu sich genommen hatte und zu seinem Studium zurückgekehrt war, hörte er etwas wie eine Stimme. Er hob den Blick und sah die *Schechina* in Gestalt einer schönen Frau, die schwarz gekleidet war und kein Schmuckstück trug; seinetwegen schüttelte sie bekümmert den Kopf. Der Rabbi erwachte, zerriß seine Kleider und weinte. Wieder versuchte er, den Traum zum Guten zu wenden und fastete den ganzen Tag und die ganze Nacht. Nachts betete er, daß ihm die Bedeutung des Traumes offenbart werde. In einer himmlischen Vision durfte er manches erblicken, was dem menschlichen Auge verborgen ist: verwirrte Seelen, die betrübt umhertappen und nach ihren Lebensgefährten suchen. Die Augen gingen ihm über, und er sah Ben Uri. Ben Uri sagte zu ihm: »Warum hast du mich vertrieben, so daß ich nicht mehr am Erbbesitz des Herrn teilhaben kann?« (1 Sam 26,19). Der Rabbi fragte: »Ist das deine Stimme, Ben Uri, mein Sohn?« Und sogleich begann der Rabbi laut zu weinen. Tränenüberströmt erwachte der Rabbi und wußte, daß all dies eine tiefe Bedeutung hatte. Er wusch sich die Hände, kleidete sich an, nahm Stock und Reisesack, rief seine Frau und sagte zu ihr: »Such nicht nach mir, meine Tochter, mir ist die Pflicht, ins Exil zu gehen, auferlegt worden, um diejenigen, die wie *Agunot* – verlassene Frauen – zur Einsamkeit verdammt sind, zu erlösen.« Er küßte die *Mesusa*[19] am Türpfosten und ging hinaus. Man suchte ihn, fand ihn aber nicht.

Man sagt, daß er immer noch umherirrt. Einmal verschlug es einen alten Abgesandten der Rabbiner aus Jerusalem in ein Lehrhaus in der Diaspora; eines Nachts schlief er dort ein. Mitten im Schlaf glaubte er einen Schrei zu hören, er erwachte und sah jenen Rabbi, der im Begriff war, einen jungen Mann wegzuzerren. Der Gesandte war erschüttert und schrie: »Rabbi, du bist hier?« Sogleich war der Rabbi verschwunden. Der junge Mann bekannte dem Abgesandten, daß er, als sich gerade niemand im Lehrhaus befand, sich damit beschäftigt hatte, ein Ornament an der Seite, die nach Osten, nach Jerusalem zeigt, zu malen. Der Gesandte bezeugte, daß es ein wunderschönes Ornament gewesen wäre, ein erstaunliches Kunstwerk, und daß vor dem Jüngling, als er an seinem Gemälde arbeitete, plötzlich ein alter Mann gestanden hätte, der den Jüngling am Mantel gezogen und ihm ins Ohr geflüstert hätte: »Komm, laß uns nach Jerusalem gehen!«

Seit damals sind immer mehr Geschichten in Umlauf gekommen, wie jener Rabbi in dieser verworrenen Welt[20] umherzieht – Gott helfe uns. Viele furchtbare und wunderbare Geschichten haben wir über ihn gehört. Von Rabbi Nissim, sein Andenken sei gesegnet, der viele Jahre lang überall herumgekommen ist, haben wir erfahren, daß er zu sagen pflegte: »Möge ich nicht am Leben bleiben, um Israels Erlösung zu schauen, wenn es nicht wahr ist, daß ich ihn gesehen habe, wie er auf einem roten Tüchlein auf das große

Meer hinausfuhr, mit einem Kind auf dem Schoß. Und obwohl es schon dämmerte, als ich ihn erblickte, schwöre ich bei allem, was mir heilig ist, daß er es war, er und kein anderer, aber wer das Kind war, weiß ich nicht.«

Zur Zeit erzählt man sich, daß er das Heilige Land durchstreift. Die großen Leute zweifeln daran, manche machen sich darüber lustig, aber die Schulkinder behaupten, daß sie manchmal in der Abenddämmerung einem alten Mann begegnen, der sich ihnen nähert, ihnen in die Augen schaut und weggeht. Und wer die Geschichte kennt, die wir hier erzählt haben, wird sagen, daß dieser Alte niemand anders als jener Rabbi ist.

Die Wahrheit liegt bei Gott.

DIE ERZÄHLUNG VOM KOPFTUCH[*]

1

Jahr um Jahr pflegte mein Vater gesegneten Andenkens auf den Jahrmarkt von Laschkowitz zu fahren, um mit den Handelsleuten Geschäfte zu machen. Laschkowitz ist eine kleine Stadt und nicht bedeutender als die anderen Städtchen im Lande; aber einmal im Jahr kommen alle Händler der Welt dort zusammen, stellen ihre Waren in der Stadt auf offener Straße aus, und wer eine Ware einkaufen will, kommt und kauft sie da. In früheren Zeiten, vor zwei, drei Geschlechtern, pflegten mehr als hunderttausend Menschen dort zusammenzukommen, aber auch jetzt noch, wo Laschkowitz in Verfall ist, kommt man aus dem ganzen Land dahin. Es gibt im Lande Galizien keinen Handelsmann, der nicht auf dem Jahrmarkt von Laschkowitz seinen Stand hätte.

Die Woche, in der unser Vater zum Jahrmarkt fuhr, war für uns wie die Woche, in die der neunte Ab fällt. In all diesen Tagen war kein Lächeln auf den Lippen der Mutter zu sehen, und selbst die Kinder hielten sich vom Lachen zurück. Die Mutter, Friede mit ihr, pflegte leichte Speisen zu bereiten, aus Milch, aus Gemüse, aus allerlei Dingen, denen das Herz des Kindes durchaus nicht abgeneigt ist. Und wenn wir sie kränkten, pflegte sie uns zu besänftigen. Selbst für Handlungen, auf die Prügelstrafe steht, schalt sie uns

[*] Aus dem Hebräischen von Nachum N. Glatzer

nicht. Oftmals fand ich sie mit feuchten Lidern am Fenster sitzen. Warum saß sie am Fenster? Saß sie etwa dort, um die Vorübergehenden zu betrachten? Pflegte sie doch niemals ihren Sinn auf die Angelegenheit anderer zu richten und selbst auf das, was ihr die Nachbarinnen erzählten, nur mit halbem Ohre hinzuhören. Nein! Ihre Angewohnheit, am Fenster zu stehen und vor sich hinzuschauen, die kam aus dem Jahre, in dem der Vater, gesegneten Andenkens, zum ersten Male nach Laschkowitz gefahren war. In jenem Jahre, als der Vater, gesegneten Andenkens, zum ersten Male nach Laschkowitz gefahren war, stand die Mutter, Friede mit ihr, am Fenster. Plötzlich schrie sie laut auf und rief: Weh, man würgt ihn! Man sprach zu ihr: Was redest du? Da sagte sie: Ich sehe einen Räuber, der ihn am Halse faßt! Kaum hatte sie zu Ende gesprochen, fiel sie in Ohnmacht. Man schickte hin und fand den Vater darnieder: denn in eben der Stunde, in der die Mutter, Friede mit ihr, in Ohnmacht gefallen war, hatte sich über den Vater, gesegneten Andenkens, ein Mann hergemacht, um sein Geld zu rauben, und ihn am Halse gefaßt; doch geschah ihm ein Wunder, und er wurde gerettet. Als ich dann später in den Klageliedern las: »Sie ward wie eine Witwe«, und dazu die Erklärung von Raschi, gesegneten Andenkens: »Wie eine Frau, deren Mann in ein Land überm Meere gegangen ist, und er will zu ihr heimkehren«, da kam mir die Erinnerung an meine Mutter, Friede mit ihr, wie sie am Fenster saß, Tränen auf ihren Wangen.

Solange der Vater in Laschkowitz war, pflegte ich in seinem Bett zu schlafen. Gleich nach dem Schma-Lesen streckte ich mich aus, reckte meine Glieder in dem langen Bett, bedeckte mich bis an die Ohren und spitzte die Ohren wie immer: vielleicht werde ich die Posaune des Messias hören; dann will ich gleich aufstehen. Ich liebte es über alles, dem König Messias nachzusinnen. Oftmals erwog ichs im Herzen und mußte sehr lachen über das Erstaunen, das es in der Welt geben wird am Tage, da unser rechtmäßiger Messias sich offenbaren wird. Gestern noch hat er seine Wunden auf- und zugebunden, und heute ist er König! Gestern noch hat er unter den Armen gesessen, sie merkten nicht, daß ers ist, manche verachteten ihn gar und gingen schimpflich mit ihm um – plötzlich besinnt sich der Heilige, gesegnet sei Er, auf den Schwur, den er geschworen hat, Israel zu erlösen, und erlaubt ihm, sich der Welt zu offenbaren! Ein anderer an meiner Stelle würde es den Armen übelnehmen, daß sie dem König Messias nicht Ehre erwiesen haben, ich aber denke in Liebe an sie, weil es doch König Messias gefallen hat, in ihrem Bereich zu verweilen. Ein anderer an meiner Stelle würde die Armen verachten, weil sie Kleienbrot essen, und das auch am Sabbat, und weil sie rußbeschmutzte Kleider tragen, ich aber liebe sie mit besonderer Liebe, weil es einigen von ihnen gewährt war, im Bereich des Messias zu verweilen.

Gut waren diese Nächte, da ich im Bette lag und an den König Messias dachte, wie er sich plötzlich der Welt offenbaren und uns in das Land Israels führen wird, und wir dort sitzen werden, jedermann unter seinem Weinstock und jedermann unter seinem Feigenbaum. Der Vater wird nicht mehr auf Jahrmärkte fahren, und ich werde nicht mehr in die Schule gehen, sondern einhergehn vor dem Herrn in den Höfen unseres Gotteshauses. Während ich dalag und solches bedachte, fielen meine Augen von selbst zu; bevor sie zufielen, nahm ich meinen Schaufädenrock, und zählte nach, wie viele Knoten schon in meinen Fäden sind, wie viele Tage also Vater schon in Laschkowitz ist. Dann begannen sich allerart Lichter vor mir zu drehen, grüne, weiße, schwarze, rote und blaue, gleich denen, die den Wanderern in Feldern und Wäldern, in Schluchten und Bachtälern erscheinen, und allerlei Schätze flimmern und funkeln darin. Mein Herz wurde wild vor Freude über all das Gute, das uns für jene Zukunft bewahrt ist, da unser rechtmäßiger Messias sich offenbaren wird – bald, in unseren Tagen, Amen! Während mein Herz sich freute, kam ein großer Vogel und pickte an dem Licht. Einmal nahm ich meine Schaufäden, band mich an seinen Flügeln fest und sagte: Lieber Vogel, bring mich zum Vater! Da breitete der Vogel seine Flügel aus, flog mit mir hoch und brachte mich in eine Stadt, die Rom hieß. Ich blickte hinab und sah, wie ein Häuflein von Armen am Stadttor saß, und unter ihnen saß einer, der band seine Wunden auf und zu. Ich zog die Augen von ihm fort, um nicht auf die Schmerzen zu sehen. Als ich die Augen von ihm fortgezogen hatte, ragte ein hoher Berg auf; allerlei Dorngestrüpp wuchs darauf, wilde Tiere weideten da, unreine Vögel, Kriechzeug und Gewürm umkreisten ihn. Da blies ein starker Wind und trieb mich auf den Berg. Der Berg begann unter mir zu schwanken, meine Glieder wollten auseinanderfallen, aber ich fürchtete mich zu schreien, damit das Kriechzeug und Gewürm mir nicht in den Mund dringe und die unreinen Vögel mir nicht in die Zunge picken. Da kam mein Vater, wickelte mich in seinen Gebetmantel und brachte mich in mein Bett. Ich öffnete meine Augen, um in sein Gesicht zu blicken, und sah, daß es schon heller Tag war. Nun wußte ich, daß der Heilige, gesegnet sei Er, eine von den Jahrmarktnächten zusammengezogen hatte. Ich nahm meine Schaufäden und machte einen neuen Knoten.

3

Jedesmal, wenn Vater vom Jahrmarkt wiederkam, brachte er uns viele Geschenke mit. Vater war sehr weise und wußte gerade das herauszufinden, wonach wir uns sehnten, und das brachte er uns mit. Es kann aber auch sein, daß der Traumengel dem Vater mitzuteilen pflegte, was er uns im Traum gezeigt hatte, damit er es uns bringe.

Nicht alle Geschenke erhielten sich in unseren Händen. Wie alle Kostbarkeiten dieser Welt, hatten auch sie keinen Bestand. Gestern noch ergötzten unsere Hände sich an ihnen, heute lagen sie auf dem Misthaufen. Sogar mein schönes Gebetbuch ging in Fetzen, denn bei allem, was ich zu tun hatte, pflegte ich es zu öffnen und seinen Rat zu erfragen; bis schließlich nichts davon übrig war als lose Blätter.

Nur ein einziges Geschenk, eins, das Vater für die Mutter mitgebracht hatte, erhielt sich viele Jahre. Und auch nachdem es verschwunden war, ist es meinem Herzen nicht entschwunden, und bis auf den Tag denke ich daran, als wäre es noch da.

Es war ein Freitagnachmittag, als der Vater vom Jahrmarkt wiederkam, die Zeit, zu der die Kinder aus der Schule heim entlassen werden. Vor den Kindern darf man das gar nicht sagen. Die Stunden am Sabbatvortag nach der Mittagszeit waren für uns schöner als alle Tage der Woche. Alle Tage der Woche sitzt das Kind über sein Buch gebeugt, Augen und Herz stehen nicht in seiner Macht; hebt es seinen Kopf nur vom Buche, wird es gleich geschlagen. Am Sabbatvortag nach der Mittagszeit aber wird es frei vom Lernen, und keiner hindert es, wenn es tut, was sein Herz begehrt. Gäbe es das Mittagessen nicht, die Welt wäre ganz und gar ein Paradies. Nun hatte mich aber die Mutter schon zum Essen gerufen, und ich brachte es nicht übers Herz, mich zu weigern.

Während wir zu Tische saßen, nahm meine kleine Schwester ihr rechtes Ohr in die rechte Hand und drückte es an den Tisch. Die Mutter fragte sie: Was machst du? und sie sagte: Ich möchte horchen. Worauf möchtest du denn horchen, mein Kind? fragte sie. Da begann sie vor Freude in die Hände zu klatschen und zu singen: Vater kommt, Vater kommt! Kaum verging eine Weile, da vernahm man das Rasseln von Wagenrädern, zuerst ganz leise, dann immer stärker. Sofort standen wir auf, warfen die Löffel, halb voll wie sie waren, aus den Händen, ließen die Schüsseln auf dem Tisch und gingen hinaus, um unsern vom Jahrmarkt heimkehrenden Vater zu begrüßen. Auch die Mutter, Friede mit ihr, legte den Löffel aus der Hand und stand, die beiden Arme ans Herz gepreßt, hochaufgerichtet da, bis Vater das Haus betrat.

Wie groß war doch der Vater an diesem Tag! Ich hatte ja immer schon gewußt, daß mein Vater höher ist als alle Väter, und doch konnte ich mir vorstellen, daß es etwas gibt, was höher ist als er, nämlich der Messingleuchter mitten an der Decke unseres Hauses. An diesem Tag schien auch er niedriger geworden zu sein.

Der Vater bückte sich, drückte mich ans Herz, küßte mich auf den Mund und fragte mich: Was hast du gelernt? – Kennt denn Vater den Wochenabschnitt nicht? Er fragte ja nur, um mit mir ein Gespräch anzufangen. Ehe ich die Antwort herausbrachte, hatte er schon meine Brüder und Schwestern genommen, sie in die Höhe gehoben, seinen Mund auf den ihren gelegt und sie geküßt.

Jetzt schaue ich tief in die Welt hinein und möchte noch einen Vergleich finden dafür, wie der Vater, gesegneten Andenkens, aussah, als er, aus der Ferne heimgekehrt, bei seinen jungen Kindern stand. Ich sehe viele Bilder vor mir, eins schöner und lieblicher als das andere, und finde doch nichts gleich Schönes. Möchte doch die Huld, die auf dem Vater, gesegneten Andenkens, ruhte, auf uns ruhen zu der Zeit und der Stunde, in der wir unsre kleinen Kinder umarmen; möchte doch die Freude, die auf uns lag, auf unsern Kindern liegen all ihre Tage.

Der Kutscher trat ein und brachte zwei Ranzen, einen großen und einen, der nicht groß und nicht klein war, sondern von mittlerem Umfang. Der Vater warf ein Auge auf uns und das andre auf den mittelgroßen Ranzen; und auch er, der Ranzen, bekam gleichsam Augen und lächelte. Der Vater holte den Schlüsselbund aus seiner Tasche und sagte: Öffnen wir den Ranzen und tun wir Gebetmantel und Gebetriemen heraus!

Es war bloß dahingeredet, was Vater sprach; wer braucht denn am Sabbatvortag nach der Mittagszeit Gebetriemen? Oder meinst du den Gebetmantel? Hatte Vater doch einen besonderen Gebetmantel für den Sabbat! Nein, nur damit wir abgelenkt werden, sagte er das, damit wir nicht so auf die Geschenke aus sein sollen. Wir aber standen da, lösten die Riemen vom Ranzen und folgten jeder seiner kleinsten Bewegungen, bis er einen der Schlüssel nahm, ihn prüfte und ein liebevolles Lächeln aufsetzte. Der Schlüssel erwiderte das Lächeln, das heißt, Lichtfünkchen erglänzten am

Schlüssel, und das sah wie Lächeln aus. Endlich steckte er den Schlüssel ins Schloß, öffnete den Ranzen, tat seine Hand hinein und wühlte in den Reisesachen.

Mit einemmal sah er uns an und schwieg. Hat Vater denn vergessen, die Geschenke hineinzutun? Oder hat er vielleicht in einem Gasthaus übernachtet und die Leute dort haben sich aufgemacht und die Geschenke herausgeholt? Wie in der Erzählung von dem Weisen, durch den man ein Kästchen voller Edelsteine und Perlen als Geschenk für den Kaiser schickte. Unterwegs übernachtete er einmal im Gasthaus; nachts standen die Gasthausleute auf, öffneten das Kästchen, nahmen alles, war darin war, und füllten es mit Staub. Da stellte ich mich hin und betete in meinem Herzen: wie jenem Weisen ein Wunder geschah, daß dieser Staub von dem Staub unseres Vaters Abraham war, der, wenn Abraham ihn ausstreute, sich in Schwerter verwandelte, so möge der Heilige, gesegnet sei Er, auch mit uns ein Wunder tun und das Zeug, womit die Leute aus dem Gasthof Vaters Ranzen gefüllt haben, möge das köstlichste von allen Geschenken sein. Kaum hatte ich mein Gebet beendet, da holte der Vater viele schöne Dinge hervor. Kein Stück war darunter, das nicht wirklich etwas von dem an sich hatte, um was wir uns das ganze Jahr über gegrämt haben. Darum sagte ich ja, daß der Traumengel dem Vater das offenbare, was er uns im Traume zeigt.

Vaters Geschenke wären es wert, daß ich mich in ihrem Lobe ergehe, aber wer wird endliche, vergängliche Dinge besingen? Nur ein einziges gutes Geschenk, das der Vater, gesegneten Andenkens, der Mutter, Friede mit ihr, an jenem Tage mitbrachte, als er vom Jahrmarkt wiederkam, ist würdig, in besonderer Weise besprochen zu werden.

Ein seidenes Kopftuch war es, mit gewirkten Feldern; aus jedem blickte eine Blüte oder eine Blume. Auf der einen Seite war es braun und jene weiß, auf der anderen Seite jene braun und es selbst weiß. Das war das Geschenk, das der Vater, gesegneten Andenkens, der Mutter, Friede mit ihr, mitbrachte.

Die Mutter, Friede mit ihr, breitete das Tuch vor sich aus, glättete es mit ihren Fingern und sah den Vater an; auch er sah zu ihr hin und sie schwiegen. Endlich erhob sich die Mutter, faltete das Tuch zusammen, legte es in den Schrank und sagte zum Vater: Wasch dir die Hände und iß. Als der Vater sich zum Essen setzte, ging ich zu meinen Kameraden auf die Gasse hinaus und zeigte ihnen meine Geschenke; ich trieb mich mit ihnen draußen herum, bis der heilige Sabbat anbrach; dann ging ich mit dem Vater zum Beten.

Wie schön war die Sabbatnacht, als wir vom Bethaus heimkehrten. Der Himmel war voller Sterne, die Häuser waren voller Lichter, die Menschen hatten Sabbatkleider an und gingen gemächlich mit dem Vater, um die Engel nicht anzustrengen, die in der Sabbatnacht den Menschen vom Bethaus in sein Heim begleiten. Daheim waren die Lichter entzündet, der Tisch war gerichtet, ein guter Duft strömte vom Weißbrot aus; über den Tisch war eine weiße Decke gebreitet und die beiden Brote lagen darauf; ein Deckchen verhüllte sie, des Anstandes wegen, damit sie sich nicht beschämt fühlen, wenn der Segen zuvor über den Wein gesprochen wird.

Der Vater verneigte sich, trat ein und sagte: Einen friedlichen und gesegneten Sabbat! und die Mutter erwiderte: Einen friedlichen und gesegneten! Der Vater sah auf den Tisch und begann zu singen: »Friede mit euch, ihr Engel des Friedens...«, während die Mutter mit ihrem Gebetbuch in der Hand am Tische saß. Von der Decke herab brannte der Leuchter, zehn Lichter, den zehn Geboten entsprechend. Ihnen gegenüber brannten die übrigen Lichter, ein Licht für den Vater, ein Licht für die Mutter, ein Licht für jedes der Kinder. Doch obgleich wir kleiner waren als Vater und Mutter, waren unsere Lichter so groß wie die ihren. Ich betrachtete meine Mutter, Friede mit ihr, und sah, daß ihr Gesicht sich verändert hatte und ihre Stirn kleiner geworden war, denn sie hatte um ihren Kopf bis über den Haaransatz das Tuch geschlungen. Ihre Augen waren größer geworden und leuchteten den Vater an, der jetzt die Hymne »Eine wackere Frau« sang. Die Zipfel des Kopftuchs hingen ihr unter dem Kinn herab und wehten ganz leicht; das kam daher, weil die Sabbatengel mit ihren Flügeln flattern und Wind machen. Ja, so war es; denn die Fenster waren alle geschlossen, woher hätte da der Wind kommen sollen? Der Wind kam also von den Engelsflügeln, wie es im Psalm »Lobe meine Seele den Herrn« heißt: »Er macht seine Engel zu winden«. Da mußte ich den Atem anhalten, um die Engel nicht zu verwirren, und betrachtete meine Mutter, Friede mit ihr, die auf einer so hohen Stufe stand, und geriet in große Ergriffenheit über den Sabbat, der uns zu Herrlichkeit und Pracht gegeben worden ist. Plötzlich spürte ich, daß mir etwas die Wangen streichelte. Ich weiß nicht, waren es die Engelsflügel, die über mir flatterten, oder waren es die Flügel des Tuchs. Heil dem, dems gewährt ist, daß gute Engel über seinem Haupte flattern, und Heil dem, dem eine Mutter den Kopf in Sabbatnächten streichelt.

35

5

Als ich vom Schlaf erwachte, war es schon heller Tag. Die ganze Welt war voll vom Sabbatmorgen. Vater und Mutter waren schon bereit, auszugehen, er, gesegneten Andenkens, in die Klaus,[1] und sie, Friede mit ihr, ins Bethaus meines Großvaters, Friede mit ihm. Der Vater hatte einen schönen schwarzen Seidenrock angezogen und einen Festhut aus Zobelfell auf dem Haupt, die Mutter hatte ein schwarzes Kleid und einen Federnhut an. Im Bethause meines Großvaters, wo die Mutter zu beten pflegte, hielt man sich nicht viel bei Melodien auf, und darum kam sie eher zurück. Als ich mit meinem Vater aus der Klaus zurückkam, saß sie schon da, in ihr Kopftuch gehüllt, und unser Tisch war gerüstet: Wein, Branntwein, große und kleine, gerollte und gewickelte Kuchen. Der Vater verneigte sich, trat ein und sagte: Einen friedlichen und gesegneten Sabbat! legte seinen Gebetmantel aufs Bett, setzte sich oben an den Tisch und sprach: »Der Herr ist mein Hirte, mir mangelts nicht!«, er sprach den Segen über den Wein, brach ein Stück vom Kuchen und begann: »Psalm Davids: Des Herrn ist die Erde und was sie füllt« und so weiter. – Wenn man in den Neujahrsnächten den Toraschrein öffnet und diesen Psalm spricht, entsteht eine große Regung in der Welt. Eine ähnliche Regung war damals in meinem Herzen. Und hätte mich meine Mutter nicht gelehrt, daß man nicht auf den Stuhl treten, nicht auf den Tisch steigen, nicht überlaut reden dürfe, ich wäre auf den Tisch gestiegen und hätte geschrien: Des Herrn ist die Erde und was sie füllt! Wie jener Junge im Talmud, der mitten an einem goldenen, eine Sechzehnmännerlast schweren Tische saß – sechzehn silberne Ketten waren dran, und Schüsseln, Becher, Schalen und Flaschen drauf; allerlei Speisen standen da, allerlei Edelfrüchte und Gewürze, von allem, was in den sechs Schöpfungstagen erschaffen worden ist; er aber rief: Des Herrn ist die Erde und was sie füllt!

Die Mutter schnitt den Kuchen an und reichte jedem sein Teil, und die Zipfel ihres Kopftuches begleiteten ihre Hände. Wie sie das tat, machte sich eine Kirsche los, es gab einen Spritzer, aber das Tuch berührte er nicht; es blieb rein, wie in dem Augenblick, als der Vater, gesegneten Andenkens, es aus seinem Koffer hervorgeholt hatte.

6

Nicht jeden Tag ist Sabbat und nicht jeden Tag legt eine Frau ein seidenes Kopftuch an. Steht eine Frau am Ofen, wozu soll sie sich da schmücken? Nicht jeden Tag ist Sabbat, dafür aber gibt es Feiertage. Der Heilige, gesegnet sei Er, ist um seine Geschöpfe besorgt und gibt ihnen Zeiten der Freude, Feiertage und Feste. An den Drei Festen pflegte die Mutter den Federnhut anzulegen wenn sie ins Bethaus ging, und daheim ihr Kopftuch. Nur am Neujahrstag und am Versöhnungstag kam das Tuch nicht von ihrem Haupte, und so auch am Morgen von Hoschana rabba. Am Versöhnungstage pflegte ich meine Mutter, Friede mit ihr, zu betrachten, wenn das Tuch um ihr Haupt gewunden war und ihre Augen vom Gebet und vom Fasten leuchteten. Da erschien mir die Mutter wie ein zum Geschenk für die Braut bestimmtes Gebetbuch, das man hat in Seide binden lassen.

Alle Tage lag das Kopftuch gefaltet im Schrank; nur an den Vortagen der Sabbate und Feste holte es die Mutter hervor. Nie sah ich sie das Tuch waschen, obwohl sie sehr auf Sauberkeit hielt. Die Sabbate und Feste, die man wahrt, wie es das Gesetz verlangt, sie selbst bewahren die Kleider. Und wäre nicht ich gewesen, dann wäre das Tuch ihr Leben lang bei ihr bewahrt geblieben, und sie hätte es noch als Erbe hinterlassen. Was ist denn geschehen? Dies ist geschehen. An dem Tage, da ich ins Alter der Gebote trat, band mir meine Mutter, Friede mit ihr, ihr Tuch um den Hals. Gelobt sei Gott, der seine Welt treuen Wächtern übergeben hat! Nicht die Spur eines Fleckchens war auf dem Tuche zu finden. Doch war das Urteil über das Tuch schon besiegelt, daß es durch mich zugrunde gehen sollte. Dieses Tuch, an dem all die Tage meine Gedanken hingen, mit eigener Hand habe ich es der Zerstörung preisgegeben.

7

Nun will ich Ereignis an Ereignis fügen, bis ich zu diesem Ereignis zurückkomme. In jenen Tagen gelangte ein Armer in unsere Stadt, der war mit vielen Wunden verunreinigt, aus denen Eiter tropfte; seine Hände waren angeschwollen, seine Kleider in Fetzen gerissen, die Schuhe fielen ihm auseinander. Ließ er sich in den Gassen sehen, bewarfen ihn die Kinder mit Staub und Steinen. Nicht nur Kinder; auch die Hausväter zeigten ihm ein ärgerliches Gesicht. Als er einmal auf den Markt ging, um Brot oder Rettich und Zwiebel zu kaufen, da vertrieben ihn die Markthändlerinnen in ihrer Wut. Sind die Markthändlerinnen in unserer Stadt denn etwa grausam? Nein, sie sind barmherzig. Manche unter ihnen sparen sich vom Munde ab und gebens für Waisenkinder her, andere gehen in den Wald, lesen dürre Zweige auf, machen sie zu Kohle und verteilen die dann umsonst unter Arme. Aber jeder Arme hat sein eigenes Los. Als dieser

Arme einmal ins Bethaus floh, fuhr ihn der Diener an und stieß ihn hinaus. Und als er sich ein andermal am Sabbatvorabend ins Bethaus eingeschlichen hatte, lud ihn keiner zu Tisch. Da sei Gott vor, daß die Nachkommen unseres Vaters Abraham mit den Armen nicht wohltätig umgingen, nein, Satansboten begleiteten diesen Armen und verhängten den Juden die Augen, damit sie seine Not nicht sähen. Wo hörte er den Segen der Sabbatheiligung? Wie erfüllte er die Pflicht der Drei Mahlzeiten? Versorgten ihn die Menschen nicht, dann versorgte ihn die Huld des Heiligen, gesegnet sei Er.

Schön ist die Gastfreundschaft, für die man Heime errichtet und Beamte bestellte, um die Armen zu versehen. Ich aber lobe mir die Leute unserer Stadt; ein Heim für die Aufnahme von Armen haben sie zwar nicht errichtet und Beamte für sie nicht bestellt; aber wer nur kann, nimmt einen Armen als Gast in seinem Hause auf; so kann er die Not seines Bruders erkennen, ihm zusprechen und ihm in seiner Bedrängnis beistehn; seine Söhne und Töchter sehen es und lernen von seinem Tun. Kommt über einen Menschen eine Not und er seufzt auf, dann seufzen die Wände seines Hauses mit, vom Seufzen jener Armen her, und ihm wird bewußt, daß es einen härteren Schlag gibt als den, der ihn getroffen hat. Und wie er den Armen Trost schafft, so wird der Heilige, gesegnet sei Er, auch ihm einst Trost schaffen.

8

Jetzt verlasse ich den Armen und will vom Kopftuch meiner Mutter erzählen, das sie mir an dem Tag, als ich ins Alter der Gebote trat, um den Hals band. An jenem Tage kehrte ich also vom Bethaus heim, um zu Mittag zu essen; ich war wie ein Bräutigam gekleidet; ich war in großer Freude und es war mir wohl zumute, denn ich hatte die Gebetriemen angelegt. Unterwegs stieß ich auf jenen Armen, wie er auf einem Steinhaufen saß und seine Wunden auf- und zuband; seine Kleider waren ganz und gar zerrissen, richtige Fetzen, nicht einmal die Wunden deckten sie ihm zu. Auch er blickte auf mich; die Wunden, die aus seinem Gesicht starrten, sahen aus wie Augen aus Feuer. Da stand mein Herz still, die Knie begannen mir zu schlottern, mir wurde dunkel vor den Augen, die ganze Welt verwirrte sich in mir. Aber ich faßte mir ein Herz, ich neigte meinen Kopf vor dem Armen, ich begrüßte ihn und er erwiderte den Gruß. Da fing mein Herz zu klopfen an, die Ohren glühten mir, und in den Gliedern verspürte ich eine Süßigkeit, wie ich sie nie zuvor verspürt habe. Von dieser Süßigkeit wurden meine Lippen süß, wurde meine Zunge süß; mein Mund öffnete sich, meine Augen taten sich auf, ich stand und schaute auf mein Gegenüber, wie ein Mensch, der in Wirklichkeit gewahrt, was ihm im Traume gezeigt worden war. So stand ich und sah auf mein Gegenüber.

Die Sonne stand mitten am Himmel, kein Geschöpf war auf der Gasse zu sehen; Er aber in seiner Barmherzigkeit thronte im Himmel und blickte zur Erde und ließ von seinem Glanz auf die Wunden des Armen leuchten. Ich begann an meinem Tuche zu ziehen, um es mir weiter zu machen, denn Tränen würgten mir die Kehle. Kaum hatte ich das Tuch gelöst, als mein Herz vor Entzücken erbebte und jene Süßigkeit, die ich verspürt hatte, sich ins Unermeßliche steigerte.

Ich stand da, streifte mein Tuch ab und gab es dem Armen. Der Arme nahm das Tuch und verband damit seine Wunden. Die Sonnenstrahlen streichelten mir den Hals. Ich blickte dahin und dorthin, kein Geschöpf war auf der Gasse; nur ein Haufen von Steinen lag da und die Sonne strahlte aus den Steinen wider. Eine Weile blieb ich so stehen und konnte an nichts denken, dann riß ich mich los und ging nach Hause.

Als ich ans Haus kam, umstrich ich es von allen vier Seiten. Plötzlich stand ich vor dem Fenster meiner Mutter, von dem aus sie auf die Gasse zu sehen pflegte. Merkwürdig war dieser Raum, über ihn war die Sonne gebreitet, nicht sengend, wärmend nur, und eine vollkommene Stille herrschte dort. Zwei, drei Menschen gingen vorüber; im Gehen verhielten sie ihre Schritte und das Gespräch stockte ihnen im Munde; einer von ihnen rieb sich die Stirn und stieß einen dunklen Seufzer aus. Ich glaube, der Seufzer ist dort schweben geblieben, bis ans Ende aller Geschlechter.

Wie lange stand ich da? Einen Augenblick, zwei oder länger? Endlich löste ich mich von dort und trat ins Haus ein. Und als ich eingetreten war, da fand ich meine Mutter, Friede mit ihr, am Fenster sitzend, wie ichs bei ihr gewohnt war. Ich begrüßte sie und sie erwiderte den Gruß. Da empfand ich mit einemmal, daß ich ungebührlich an ihr gehandelt hatte: das schöne Tuch, in das sie an Sabbaten und Festen ihr Haupt zu hüllen pflegte, habe ich genommen und es einem Armen gegeben, damit er sichs um die Füße binde! Ich wollte sie um Verzeihung bitten, da blickte sie mich mit Liebe und Zärtlichkeit an. Auch ich blickte sie an; und mein Herz erfüllte sich mit einer großen Freude, wie an jenem Sabbat, als meine Mutter, Friede mit ihr, sich das Tuch zum erstenmal ums Haupt gebunden hatte.

EIN ANDERES GESICHT

1

Sie trug ein braunes Kleid, und ihre braunen Augen waren warm und feucht. Als sie das Rabbinatsgericht mit ihrem Scheidebrief in der Hand verließ, wurde sie von dem blonden Svirsh und Doktor Tänzer erwartet, jenen beiden Junggesellen, die ihr seit dem ersten Jahr ihrer Heirat nahestanden. Unverhohlene Freude strahlte ihr unter den Wimpern ihrer Freunde entgegen. Nicht einmal in ihren Träumen hatten sie sich diesen glücklichen Augenblick vorgestellt, da Toni Hartmann sich von ihrem Mann trennen würde. Fröhlich liefen die beiden auf sie zu und ergriffen ihre Hände. Dann nahm ihr Svirsh den Sonnenschirm aus der Hand, hing ihn an ihren Gürtel, faßte sie unversehens an beiden Händen und schwang sie mit ausgelassener Herzlichkeit hin und her. Nach ihm griff Tänzer mit seinen großen Händen nach ihr und sah sie mit jenem kalten und lauernden Blick an, der leichtlebigen Menschen, die sich ihres Vergnügens nie sicher sind, eigen ist. Toni entzog beiden ihre erschöpften Hände und trocknete ihre Augen.

Svirsh hakte seinen Arm bei ihr ein und wollte gleich mit ihr losgehen. Tänzer machte sich an ihre rechte Seite heran und dachte: »Der Albino hat den Vortritt, aber das macht nichts. Heute er, und morgen ich.« Und schon verspürte er eine intellektuelle Befriedigung, ein doppeltes Vergnügen, daß er morgen mit Toni gehen würde, die gestern zu Hartmann gehörte und heute zu Svirsh.

Gerade als sie gehen wollten, trat Hartmann aus dem Gericht. Sein Gesicht war gezeichnet, seine Stirn lag in Falten. Er blieb eine Weile stehen und schaute sich um, wie jemand, der in die Dunkelheit hinausgeht und nach dem richtigen Weg sucht. Er sah Toni mit Svirsh und Tänzer. Er sah sie mit seinen müden, harten Augen an und sagte zu ihr: »Du gehst mit ihnen?« Toni hob ihren Schleier über die Stirn und sagte: »Hast du was dagegen?« Ihre Stimme ließ ihn schaudern. Er hakte die Daumen ineinander und sagte: »Geh nicht mit ihnen.« Toni zerknüllte das Taschentuch in ihrer Hand, richtete ihre traurigen Augen auf ihn und blickte ihn hilflos an. Mit ihrer ganzen Haltung gab sie ihm zu verstehen: »Sehe ich etwa so aus, als ob ich alleine gehen könnte?«

Er ging zu Toni. Svirsh wich zurück und gab ihren Arm frei. Tänzer, der Hartmann überragte, richtete sich zu seiner vollen Größe und Stattlichkeit auf. Aber sofort sank er wieder in sich zusammen und nahm eine nachlässige Haltung ein. Er sagte sich: »Er hat sie ja nicht von meinem Arm weggenommen.« Er setzte den Hut auf und machte sich, ein kleines, improvisiertes Liedchen trällernd, wie sein Freund Svirsh auf den Weg.

Im Fortgehen drehten sie sich noch einmal um und blickten auf den Mann zurück, der mit Toni verheiratet gewesen war. Svirsh murmelte unwirsch: »So was habe ich mein Lebtag noch nicht gesehen.« Tänzer unterbrach sein Liedchen, putzte seine dicken Brillengläser und sagte: »Bei der päpstlichen Sandale! Wegen so was hätte sich Mohammed den Bart gerauft!« Svirsh zuckte die Achseln und hielt den Mund. Besser Hartmanns Ärger als Tänzers Spott.

Hartmann, der mit Toni zurückgeblieben war, wollte sich bei ihr unterhaken, ließ es aber, damit sie nicht fühlte, wie erregt er war. Eine Weile standen sie wortlos nebeneinander. Die Scheidung stand ihnen plötzlich sehr konkret vor Augen, als ob sie sich immer noch vor dem Rabbi befänden und die Stimme dieses alten Richters ihnen in den Ohren tönte. Toni knüllte das Taschentuch in ihrer Hand und hielt die Tränen in ihren Augen zurück. Hartmann nahm seinen Hut ab, um sich ein bißchen Luft zu verschaffen. »Warum stehen wir hier?« fragte er sich. Wieder tönte ihm etwas in den Ohren. Doch es war nicht die Stimme des Richters, sondern die des Schreibers, der den Scheidebrief vorlas, und ihm schien, daß es einen Fehler darin gab. »Warum war dieser Unglücksrabe so erschrocken? Weil ich und Toni ...« Alles war so seltsam gewesen. Aber es verwirrte ihn, daß er nicht genau wußte, was daran so seltsam gewesen war. Er fühlte, daß er etwas tun müßte. Er knüllte seinen Hut zusammen und schwenkte ihn in der Gegend herum, glättete den Hut, zerknüllte ihn aufs neue, setzte ihn wieder auf und strich sich mit der Hand übers Gesicht, von der Schläfe bis zum Kinn. Er bemerkte die Bartstoppeln; wegen der ganzen Aufregung über die Scheidung hatte er vergessen, sich zu rasieren. »Wie schäbig stehe ich jetzt vor Toni da«, überlegte er, und stieß dann, was er zuerst auf deutsch dachte, zwischen den Zähnen hervor: »Ausgerechnet heute – davqa hayom!« Er tröstete sich mit dem Gedanken, daß der Tag schon fast vorüber war und seine Bartstoppeln nicht mehr auffielen. Gleichwohl war er unzufrieden, daß er schlechte Ausreden für seine Nachlässigkeit suchte. »Laß uns gehen«, sagte er zu Toni und wiederholte es noch einmal, da er nicht sicher war, ob er es ausgesprochen hatte, und wenn ja – ob sie es gehört hatte.

Die Sonne suchte sich einen anderen Ort. Eine düstere Stimmung herrschte auf der Straße, und eine Klage gellte rauh und laut von den Pflastersteinen. Verloren starrten die Fenster von den Hauswänden; fremd sich selbst und fremd den Häusern. Hartmann faßte ein Fenster ins Auge, das gegenüber von ihm geöffnet wurde, und er versuchte sich zu erinnern, was er sagen wollte. Er sah, wie eine Frau aus dem Fenster spähte. »Das lag nicht in meiner Absicht«, dachte er und begann zu sprechen, doch nicht über das, woran er dachte, sondern über etwas anderes. Nach jedem zweiten, dritten Wort gestikulierte er mit den Händen, ganz verzweifelt über alles, was er von sich gab, und womit er Toni konfrontierte. Toni hing an seinen Lippen und dachte: »Was will er mir nur sagen?« Ihr Blick folgte seiner Hand, und sie gab sich Mühe, ihn zu begreifen. Was er mit ihr zu besprechen hatte, überstieg ja nicht ihr Fassungsvermögen; wenn er nur zusammenhängend und ruhig sprechen würde, dann würde sie jedes Wort verstehen. Ihre Lippen bebten. Die neue Falte rechts von ihrer Oberlippe begann unwillkürlich zu zittern. Sie strich mit ihrer Zunge darüber und dachte: »Mein Gott im Himmel, wie traurig er ist, vielleicht sind ihm seine Töchter in den Sinn gekommen.«

Hartmann dachte an seine Töchter; den ganzen Tag über hatte er ständig an sie denken müssen, obwohl er sie Toni gegenüber mit keinem Wort und mit keiner Andeutung erwähnt hatte; in seinen Gedanken waren sie ihm jedenfalls immer gegenwärtig, manchmal beide gleichzeitig und manchmal jede für sich. Beate, die ältere, war fast neun und hatte schon mitbekommen, daß Papa und Mama böse aufeinander waren. Renate dagegen, die jüngere, war gerade mal sieben Jahre alt und hatte noch nichts bemerkt. Als es um den häuslichen Frieden geschehen war, war Tonis Tante gekommen und hatte die Kinder mit sich in ihr Haus aufs Land genommen, sie wußten also nicht, daß Papa und

Mama … Hartmann brachte den Gedanken nicht zu Ende, da ihm einfiel, wie Beate geschaut hatte, als sie Papa und Mama zum ersten Mal miteinander streiten sah. Ihre kindliche Neugier mischte sich mit dumpfer Verwunderung, als sie erstaunt feststellte, daß die Großen sich zankten. Bei dem Gedanken an die Augen seiner Tochter ließ Hartmann den Kopf hängen: wie sie sich verdüstert hatten vor lauter Traurigkeit; und erst ihr Mund, der in stummem Leid verharrte, bis sie ihre Wimpern senkte und wegging.

Wieder überkam Hartmann das Gefühl, daß er etwas tun müsse. Da er nicht wußte, was er anfangen sollte, nahm er den Hut ab, trocknete sich die Stirn, wischte das Lederband auf der Innenseite des Hutes ab und setzte ihn wieder auf. Toni wurde traurig, als ob sie an seinen Sorgen Schuld hätte. Sie griff nach dem Sonnenschirm, den ihr Svirsh an den Gürtel gehängt hatte. Während sie mit ihm schlenkerte, ergriff Hartmann wieder das Wort. Mit keiner Silbe kam er auf die Ereignisse des Tages zu sprechen, aber man konnte sie aus dem Klang seiner Stimme heraushören. Toni antwortete aufs Geratewohl. Wenn sie auf ihre Worte geachtet hätte, dann hätte sie bemerkt, daß sie genausowenig zur Sache gehörten. Hartmann ging jedoch darauf ein, als ob ihre Erwiderungen auf das Bezug genommen hätten, was er sagte.

Ein kleines Mädchen kam auf sie zu. Sie hielt Hartmann einen Strauß Astern hin. Hartmann erkannte ihre Absicht, holte seine Geldbörse heraus und warf ihr eine Silbermünze zu. Das kleine Mädchen steckte die Münze in den Mund, rührte sich aber nicht von der Stelle. Hartmann blickte Toni fragend an: Was die Kleine wohl jetzt noch wollte? Toni streckte die Hand nach den Blumen aus, nahm sie dem Mädchen ab, roch an ihnen und sagte: »Vielen Dank, mein liebes Kind.« Das Mädchen schlang ein Bein ums andere, schaukelte ein wenig hin und her und ging dann weg. Toni blickte ihr gerührt nach, ein trauriges Lächeln umspielte ihre Lippen. »Ah«, sagte Hartmann schmunzelnd, »diese Kleine ist eine ehrliche Händlerin, wenn sie Geld bekommt, fühlt sie sich verpflichtet, ihre Ware dafür einzutauschen. Wenigstens habe ich dieses Geschäft gut abgeschlossen.«

Toni dachte: »Wenn er sagt, daß er wenigstens dieses Geschäft gut abgeschlossen habe, dann bedeutet das doch, daß er ein anderes nicht gut abgeschlossen hat.« Sie sah ihn an, wohl wissend, daß Hartmann eigentlich nie mit ihr über seine Geschäfte sprach. Doch gerade jetzt begann er, ihr freimütig und ohne lange zu überlegen von seinen Geschäften zu erzählen, in die er unfreiwillig hineingeraten war, aus denen er sich nicht zurückziehen konnte, die Differenzen, Konflikte und Streitereien mit den Teilhabern und Beauftragten nach sich zogen, da sie mit seinem Geld Ware eingekauft hatten, und ihn, nachdem sie gesehen hatten, daß daraus ein Verlustgeschäft werden würde, zum Kauf gezwungen hatten.

Hartmann hatte mittendrin begonnen, wie jemand, der von seinen Gedanken ganz in Anspruch genommen wird, und dessen Herz so voll ist, daß sein Mund überläuft. Wer mit Geschäften nicht vertraut ist, würde von all dem kein Wort verstehen, um wieviel weniger Toni, die mit Handel und Wandel nun wirklich nichts zu tun hat. Doch daran dachte er nicht, und er erzählte weiter. Je mehr er erzählte, desto komplizierter gestaltete er die Materie, bis er die Beherrschung verlor und voller Zorn über seine Beauftragten zu sprechen begann, auf die er sich verlassen hätte wie auf sich selbst, doch sie wären ihrer Aufgabe untreu geworden, sie wären Schuld an seinem verlorenen Geld, seiner verlorenen Zeit, an den Konflikten, Streitereien und Kränkungen.

Und er wisse immer noch nicht, wie er sie los werden könne. Er bemerkte, daß ihm Toni zuhörte. Er begann von Anfang an zu erzählen und setzte ihr jede Einzelheit auseinander. Was er zuerst verschwiegen hatte, erklärte er nun am Ende, und was noch weiterer Erklärung bedurfte, fügte er dann hinzu. Toni fing an, etwas von dem zu verstehen, was er erzählte, und was ihr unbegreiflich blieb, verstand sie mit dem Herzen. Sie betrachtete ihn voller Anteilnahme und Sorge und wunderte sich über ihn, wie er so viel Kummer ohne Hilfe und Unterstützung aushalten konnte. Hartmann bemerkte ihren Blick und faßte die ganze Geschichte noch einmal kurz zusammen. Er sah seine Angelegenheiten plötzlich mit anderen Augen. Sobald er nicht mehr versuchte, sich zu rechtfertigen, wurde ihm so manches klar, und er erkannte, daß sich die Sache als nicht so schwierig erwies, wie er zuerst gedacht hatte.

Toni war ihm Wort für Wort aufmerksam gefolgt. Aus all dem, was er gesagt hatte, entnahm sie, daß sein ganzer Zorn von seinen schlechten Geschäften herrührte. Sie brachte seine Ausführungen mit der anderen Sache, nämlich der Scheidung, in Verbindung, als ob er ihr zu verstehen hätte geben wollen, warum er so aufgebracht gewesen war, warum es so weit gekommen war, daß sie sich scheiden ließen.

Toni dachte an ihre Scheidung und an die Zeit davor, schenkte seinen Worten jedoch darum nicht weniger Aufmerksamkeit. Sie sah ihn treuherzig und voller Vertrauen mit ihren braunen Augen an und sagte: »Ich bin sicher, Michael, daß du eine gerechte Lösung finden wirst.« Wieder blickte sie ihn treuherzig und demütig an, als ob sie es wäre, die sich in Not befände, und nicht er, und als ob sie zu ihm gekommen wäre, um ihn um Hilfe zu bitten. Er blickte sie an und betrachtete sie wie schon lange nicht mehr. Sie war einen Kopf kleiner als er. Sie war so mager geworden, daß ihre Schulterknochen hervorstanden. Sie trug ein leichtes Kleid, das die Schultern freiließ, aber hochgeschlossen und mit Ringen aus brauner Seide zugeknöpft war; man konnte zwei weiße Punkte erkennen. Mit Mühe hielt er sich davon zurück, sie zu streicheln.

Hartmann sprach gewöhnlich nicht viel mit seiner Frau, und am allerwenigsten über seine Geschäfte. Seit er das Haus gebaut hatte, trennte er zwischen häuslichen und beruflichen Belangen. Aber die Arbeit hat es an sich, daß sie einen nicht losläßt. Zuweilen standen ihm die Sorgen ins Gesicht geschrieben, wenn er nach Hause kam. In der ersten Zeit, als ihre Liebe noch groß gewesen war, wollte Toni mit ihm darüber sprechen, doch er entließ sie mit einem Kuß. Später kam er einfach auf etwas anderes zu sprechen. Am Ende schalt er sie nur noch: »Reicht es nicht, daß man draußen Sorgen hat? Willst du sie auch noch ins Haus bringen? Zu Hause will ein Mann seinen beruflichen Ärger vergessen.« Aber da ein Mann seine Gedanken nicht unter Kontrolle halten kann, machen sie ihm das Leben schwer und sein Haus wird zu einer Geschäftsfiliale. Allein, bei der Arbeit, konzentriert er seine Gedanken auf seine Geschäfte, doch zu Hause beschäftigen ihn seine Gedanken. Alles, was er besaß, hatte Hartmann, dessen Vater kein Geld hinterlassen und dessen Frau keine Mitgift eingebracht hatte, durch eigener Hände Arbeit erworben. Er widmete sich nur seinen Geschäften und hielt sich von allem anderen fern. Das war vor seiner Heirat nicht anders als danach. Als er noch Junggeselle war, sagte er sich: »Ich werde eine Frau heiraten, ein Haus bauen und zu Hause meine Ruhe haben.« Aber nachdem er geheiratet und ein Haus gebaut hatte, sah er sich aller Hoffnungen beraubt. Anfangs hatte er wenigstens noch mit hoffnungsvollen Gedanken gespielt, nun war auch das vorbei. Sicher, seine Frau gab sich alle Mühe, seine Wünsche zu erfüllen, die Kinder, die sie geboren hatte, wuchsen heran, und wahrscheinlich hatte er an seinem Heim überhaupt nichts auszusetzen, außer, daß er nicht wußte, was er dort machen sollte. Früher hatte er viele Freunde gehabt. Aber mit der Zeit konnte er nichts mehr mit ihnen anfangen; es kam ihm so vor, daß sie ihn nur wegen Toni besuchten. Anfangs hatte er sich noch die Bücher vorgenommen, die Toni gewöhnlich las, und er bemühte sich, sie bis ins letzte nachzuvollziehen. Nachdem er drei, vier Bücher gelesen hatte, ließ er es sein. Die Liebesaffären, Kleider, Reflexionen und Seufzer, die diese Bücher füllten – wozu sollte ein vernünftig denkender Mann sich damit abgeben? Und mit den beschriebenen Personen würde ich nichts zu tun haben wollen. Von Tonis Büchern schloß er auf Toni, und von Toni auf alles, was sein Heim betraf. Da er weder irgend etwas anderes als seine Arbeit kannte, noch in irgendwelche Vereine zu gehen pflegte, kehrte er, nachdem er sein Geschäftshaus abgeschlossen hatte, widerwillig nach Hause zurück. Und weil er dort nichts mit sich anzufangen wußte, wurde er unzufrieden mit sich selbst. Er begann, im Rauchen Befriedigung zu suchen. Zuerst nur, um seine Gedanken einzunebeln, danach fuhr er fort, weil sie vernebelt waren. Anfangs rauchte er Zigaretten, später Zigarren. Zu Beginn rauchte er mäßig, am Ende maßlos, bis das ganze Haus voller Rauch war, ohne auf seine Gesundheit zu achten; im Gegenteil, er hielt sich zugute, daß er still für sich bleiben konnte und von niemandem etwas verlangte. Jeder Mensch hat sein Vergnügen. Mein Vergnügen ist das Rauchen, sie mag ein anderes haben. Da es ihn nicht interessierte, womit sie sich vergnügte, und weil ihn das Rauchen nicht zufrieden stellte, überkam ihn eine innere Unruhe, und er fing an, auf jeden, jede Frau, jedes Kind, auf jede Kleinigkeit eifersüchtig zu werden. Sah er sie im Gespräch mit einem Mann, bei der Unterhaltung mit einer Frau, beim Spiel mit einem Kind, dann sagte er gemeinhin: »Hat sie denn weder Mann noch Kinder, daß sie sich mit anderen Leuten abgibt?« Michael Hartmann war Kaufmann und verkaufte seine Ware nach Maß und Gewicht, er wußte sehr wohl, daß verschwendetes Gut verloren ist. Irgendwann fand er sich mit der Situation ab, nicht weil er guthieß, was sie tat, sondern weil sie ihm nicht mehr so viel bedeutete.

2

Es war kurz vor Sonnenuntergang. Die Ähren auf dem Feld bewegten sich lautlos, und die Sonnenblumen schauten mit ihrem einen Auge aus ihren gelben, dunkler werdenden Gesichtern. Hartmann streckte seine Hand ins Leere und streichelte Tonis Schatten.

Um sie herrschte völlige Stille. Toni nahm den Sonnenschirm, steckte ihn in den Boden und stocherte darin. Diese Geste, ebenso sinnlos wie unschön, bewegte ihn. Hartmann streckte wieder seine Hand aus und liebkoste die Luft. Die Sonne vollendete ihren Lauf, und der Himmel trübte sich. Die Landschaft wirkte verlassen, die Bäume auf dem Feld verfinsterten sich. Es wurde kühler, und die Gurken dufteten. Hoch am Himmel erschien, klein wie ein Stecknadelkopf, ein Stern. Nach ihm flackerte ein leuchtender Stern zwischen den Wolken auf, und dann kamen alle anderen Sterne zum Vorschein.

Häuser und Hütten lagen friedlich und still, und der Geruch von verbranntem Unkraut und von Vieh stieg von der Weide auf. Schweigend gingen die beiden nebeneinander her, Michael und Toni. Ein junger Bursche saß mit einem Mädchen in inniger Umarmung; sie unterhielten sich, doch plötzlich verstummten sie. Heimliches Begehren lag in der Luft. Ein leichter Wind erhob sich, aber kein Laut war zu hören. Ein Junge rannte mit einer Fackel vorbei. So wie dieser Junge war auch er in seiner Kindheit einmal gelaufen, als seiner Mutter die Streichhölzer ausgegangen waren, und sie ihn zum Feuer holen in die Nachbarschaft geschickt hatte. Er holte eine Zigarette hervor und wollte rauchen, aber der Geruch des Feldes nahm ihm den Wunsch zu rauchen. Er zerrieb die Zigarette zwischen den Fingern und warf sie fort. Er roch an seinen Fingern und rümpfte die Nase.

Toni öffnete ihre Handtasche, holte ein Parfumfläschchen hervor und gab ein paar Tropfen auf ihre Hand. Der Duft kam zu ihm und versetzte ihn in eine gute Stimmung. »Ja so«, sagte er zu sich selbst, zustimmend oder als Frage gemeint.

Nachdem er mit Toni gesprochen und ihr diese Begebenheit geschildert hatte, machte er sich Vorwürfe, daß er in all den Jahren nie mit ihr über seine Geschäfte geredet hatte. Wenn er sie nicht abgewiesen hätte, als sie sich für seine Angelegenheiten interessierte, wäre sie ihm vielleicht nähergekommen, und sie hätten sich einander nicht entfremdet. In jenem Moment konnte er dieser moralischen Einsicht viel abgewinnen, da sie ihm die Schuld zuwies und Toni rechtfertigte.

Er legte wieder die Daumen ineinander und sagte: »Ich kann diesen Svirsh nicht leiden.«

Toni senkte ihr Haupt und schwieg.

Hartmann fuhr fort: »Ich verstehe es selbst nicht, aber ich kann ihn nicht leiden.«

»Und Doktor Tänzer?« fragte Toni leise.

»Doktor Tän-zer?« Hartmann zog den Namen ärgerlich in die Länge und sagte: »Alle Tänzer der Welt widern mich an. Sie geben vor, nichts für sich selbst haben zu wollen, aber in Wahrheit lauern sie ihr Leben lang auf das, was anderen Leuten zugedacht ist. Svirsh – was der will, das weiß ich. Wenn ich nur seine Albino-Augen und seine maniküren Fingernägel sehe, dann weiß ich sofort, worauf er aus ist. Aber Tänzer läßt kein Gefühl erkennen. Er tut so, als ob er die ganze Welt lieben würde, aber er liebt nichts und niemanden. Er ist hinter den Frauen her, doch er liebt keine Frau um ihrer selbst willen, weil sie hübsch ist oder sonst irgendwas, sondern weil sie die Frau eines anderen Mannes ist, nur weil sie ein anderer begehrenswert findet, interessiert er sich für sie.«

Toni richtete ihre Augen auf Michael. Es war Nacht geworden, er konnte ihre Augen nicht erkennen, aber er spürte, daß sie dankbar auf ihn gerichtet waren, als ob er ihr Einblick in etwas gewährt hätte, worauf sie von allein nicht gekommen wäre. Hartmann, der sich über sich selbst ärgerte, daß er Svirsh und Tänzer erwähnt hatte, fühlte sich erleichtert und blickte befreit und froh um sich. Er bemerkte ein Licht, das in der Dunkelheit flackerte. Er streckte die Hand aus, wies Toni mit dem Finger darauf hin und fragte: »Siehst du dieses Licht?« Toni schaute und sagte: »Wo? Ja wirklich, dort schimmert ein Licht.« »Das ist das Licht eines Gasthofs«, sagte er. Toni erwiderte: »Und ich habe geglaubt, es wäre ein Glühwürmchen.«

Ein leichter Schauer durchfuhr Toni und bereitete ihr ein

unerklärliches Vergnügen. Obwohl sie aus Hartmanns Mund vernommen hatte, daß es sich hier nicht um ein Glühwürmchen, sondern um die Laterne eines Gasthofes handelte, war sie plötzlich in ihre Gedanken versunken und dachte über das erste Glühwürmchen nach, das sie in ihrem Leben gesehen hatte. Sie hatte ihre Tante auf dem Lande besucht. Es war Sabbat gewesen und sie hatte in der Dämmerung im Garten gesessen. Ein Funke war in der Dunkelheit aufgeleuchtet und hatte sich auf dem Hut ihres Onkels niedergelassen. Sie hatte ihn für Feuer gehalten und sich gefürchtet. Sie hatte nicht gewußt, daß es ein Glühwürmchen gewesen war. Wie alt war sie damals wohl gewesen? Gerade sieben Jahre alt, genauso alt wie Renate. Jetzt waren Beate und Renate bei ihrer Tante, und sie, Toni, spazierte hier mit beider Vater.

Hartmann sagte: »Dort werden wir uns ausruhen und zu Abend essen. Bestimmt bist du hungrig, du hast heute mittag nichts gegessen. Gemästete Schwäne wird man uns dort nicht vorsetzen, aber jedenfalls werden wir etwas zu essen bekommen und uns ausruhen können.«

Toni nickte und dachte: »Wann genau habe ich mich an das Glühwürmchen erinnert? Als mir Michael das Licht gezeigt hat oder als ich zu ihm sagte, ich hätte es für ein Glühwürmchen gehalten?« Sie hatte das Gefühl, daß ihr jenes Glühwürmchen schon vorher eingefallen war, weil sie an ihre Töchter gedacht hatte, die in dem Dorf wohnten. Ein Schauer durchlief ihren Körper, als ob sich jenes Ereignis gerade in diesem Augenblick abspielte.

Die Straße führte weiter, manchmal nach rechts, manchmal nach links. Das Licht des Gasthofes verschwand und kam wieder, leuchtete und verschwand. Feuchter Geruch stieg vom Boden auf. Toni zitterte ein bißchen, doch sie spürte die Kälte nicht. Stumm blickte sie in die Dunkelheit, von der sie und Michael eingehüllt wurden. Wieder tauchte das Licht des Gasthofes auf und verschwand wie vorher. Toni zog die Schultern zusammen, und ein Windstoß ließ sie frösteln.

»Ist dir kalt?« fragte Hartmann besorgt.

»Mir scheint, dort kommen Leute.«

»Kein Mensch ist hier«, sagte Hartmann, »oder vielleicht…«

Toni unterbrach ihn: »Noch nie in meinem Leben habe ich so einen großen Mann gesehen. Sieh doch!« Ein Mann mit einer Leiter nahte. Er stieg die Leiter hinauf und zündete die Laterne an. Toni blinzelte und atmete tief. Michael fragte Toni: »Wolltest du etwas sagen?« Toni senkte den Blick und antwortete: »Ich habe nichts gesagt.«

Hartmann erwiderte lächelnd: »Na so was, ich hatte den Eindruck, daß du etwas sagen wolltest.«

Toni errötete und fragte zurück: »Ich hätte den Wunsch gehabt, etwas zu sagen?« Sie betrachtete ihren Schatten und schwieg.

Hartmann mußte lächeln: »Du wolltest also gar nichts sagen; aber ich habe geglaubt, daß du den Wunsch hattest.«

Toni ging schweigend an Michaels Seite.

Zwei Silhouetten waren zu sehen: der Umriß des einen Kopfes lag nahe an Tonis Haupt, der Umriß des anderen nahe an Michaels Haupt. Zwei junge Leute tauchten auf, ein Bursche und ein Mädchen. Die ganze Luft war von ihrem heimlichen Begehren durchdrungen. Hartmann sah sie an, und sie erwiderten den Blick. Toni senkte den Kopf und betrachtete den Ehering an ihrem Finger.

Bald darauf kamen sie zu einem Garten, der von drei Seiten eingezäunt war. Das Tor war auf, rechts davon leuchtete eine Lampe, und andere kleine, birnen- und apfelförmige Lampen hingen im Garten an den Bäumen. Hartmann sah ein Schild und sagte: »Ich habe mich nicht getäuscht, es ist ein Restaurant. Hier werden wir etwas zu essen bekommen.« Er nahm Toni am Arm und ging mit ihr hinein.

Ein dickes, kräftiges Mädchen saß auf der untersten Treppenstufe, die sie zur Hälfte ausfüllte, vor dem Haus und schälte Gemüse. Sie begrüßte die beiden laut und ließ ihren geschürzten Rock herab. Hartmann dachte: »Ein rothaariges Mädchen mit Sommersprossen. Ich kann sie im Dunkeln zwar nicht erkennen, aber mein Gefühl sagt mir das.« Toni nickte. Er sah sie erstaunt an. »Kann Toni meine Gedanken lesen?« Er nahm ihr den Sonnenschirm ab, legte ihn auf einen Stuhl und seinen Hut daneben, dann sagte er: »Laß uns im Garten sitzen, oder willst du zum Essen lieber hineingehen?« »Nein, essen wir im Garten«, antwortete Toni.

Ein Kellner kam, wischte den Tisch ab, breitete eine Tischdecke aus und reichte ihnen die Speisekarte. Er brachte eine Vase mit Wasser, stellte die Blumen hinein und wartete auf die Bestellung der Gäste. Hartmann stellte fest, daß die meisten Gerichte auf der Karte durchgestrichen waren. »Ist alles schon aufgegessen?« stieß er mürrisch zwischen den Zähnen hervor. Der Kellner sah ihm über die Schulter und sagte: »Ich kann ihnen unverzüglich andere Speisen servieren.« »Die guten Sachen haltet ihr wohl zurück«, meinte Hartmann. Der Kellner verbeugte sich und erwiderte: »Die Gerichte, die wir durchgestrichen haben, sind ausgegangen, und wir haben andere zubereitet, nur ha-

ben wir noch keine Zeit gefunden, sie auf die Karte zu setzen.« Hartmann sagte: »Wenn es so ist, dann können wir
uns ja auf frisches Essen freuen.« »Ihre Freude ist ganz auf
unserer Seite«, erwiderte der Kellner, »bevorzugen sie
schwarzes oder weißes Brot?« Toni warf ein: »Außerhalb
der Stadt sollte man Schwarzbrot wählen.« Der Kellner
wandte sich an Hartmann: »Und welche Weine möchte der
Herr bestellen?« »Wein«, sagte Hartmann erfreut, wie jemand, der sich glücklich schätzt, daß es so etwas noch immer auf der Welt gibt, um die Menschen froh zu machen. Er
studierte die Weinkarte und gab seine Bestellung auf.

»Wir haben Glück«, sagte Michael zu Toni, »unsere Erwartungen wurden nicht enttäuscht, sondern übertroffen.«
Toni strich mit der Zunge über die Falte nahe der Oberlippe, vielleicht weil sie hungrig war, vielleicht fiel ihr auch
bloß keine Erwiderung ein. Der Kellner kehrte zurück und
servierte. Michael und Toni begannen zu essen. Toni ge-
nierte sich, allzu herzhaft zuzugreifen, aber ihre Befangen-
heit verminderte nicht ihren Appetit.

Die Kartoffeln, der Spinat, die Eier, das Fleisch, das Gemüse, einfach alles, was der Kellner gebracht hatte, war
vorzüglich zubereitet. Toni genoß das Essen. Die Sterne
spiegelten sich in der Soße, und auf einem Zweig zwit-
scherte ein Vogel. Tonis Falten glätteten sich, ihr Gesicht
strahlte. Hartmann legte sich eine Serviette auf den Schoß
und lauschte dem Vogel.

Das Mädchen, das sie am Eingang getroffen hatten, ging
an ihnen vorbei und blickte sie an, als wären sie alte Bekannte. Hartmann betrachtete sie und sagte: »Hab' ich
nicht gesagt, daß sie rote Haare hat und Sommersprossen«,
obwohl er in Wahrheit gar nicht sehen konnte, ob sie Sommersprossen hatte.

Toni hob die Vase mit den Astern, betrachtete sie und roch an ihnen. Astern waren schon immer ihre Lieblingsblumen gewesen, weil sie so unscheinbar schön waren. Sie hatte einige am Grab ihrer Mutter gepflanzt. Diese Astern, die nicht unbedingt den besten Boden nötig hatten, würden sie dort freundlich erwarten.

Das Mädchen kam wieder vorbei und trug mit beiden Händen einen Korb mit Pflaumen. Der Saft der überreifen Pflaumen verströmte einen übermäßig süßen Geruch.

Hartmann griff nach seinem Glas und dachte: »Seit dem Tag, an dem ich Toni geheiratet habe, habe ich mich ihr gegenüber nie mehr so anständig verhalten wie jetzt nach der Scheidung.« Unbewußt hob er sein Glas und grübelte weiter: »Wenn sich ein Mann mit seiner Frau streitet, sollte er kein Recht haben, mit ihr zu leben. Eine Ehe ohne Liebe ist keine Ehe. Besser eine geschiedene Ehe als Streit in der Ehe.« Hartmann stellte sein Glas ab, griff nach dem Gewürzständer und nahm einen Zahnstocher heraus. Dann spann er seinen Gedanken weiter: »Wer eine Frau heiratet und sie nicht liebt, sollte sich scheiden lassen. Wenn er nicht in die Scheidung einwilligt, hat er sie zu lieben. Und diese Liebe sollte immer wieder erneuert werden. Hast du etwas gesagt, Toni?« Sie streckte die Hand aus, zeigte auf einen Baum und sagte: »Ein Vogel.«

Hartmann schaute auf den Baum.

Toni fragte: »Hat der gesungen, oder war es ein anderer?«

»Sicher, sicher«, antwortete Hartmann mit ungewöhnlicher Begeisterung, obwohl sich seine Versicherungen auf gar nichts gründeten. Toni neigte ihren Kopf zur linken Schulter und sagte sich: »Dieses kleine Geschöpf sitzt versteckt im Baum, und sein Gesang rührt einem das Herz.«

Hartmann legte seine Finger ineinander und betrachtete Toni, wie sie da saß und den Kopf nach links beugte. Ihre Schultern waren schmächtig, und zwei weiße Flecken hoben sich dort ab, wo ihre Bluse von der Schulter gerutscht war und diese entblößt hatte. »Nun«, dachte Hartmann, »wird sich die andere Schulter zeigen.« Unabsichtlich klopfte Hartmann auf den Tisch. Der Kellner hörte es und kam. Da er schon einmal gekommen war, holte Hartmann seine Geldbörse heraus, bezahlte die Rechnung und gab ihm Trinkgeld. Der Kellner verbeugte sich und dankte überschwenglich. Entweder war er betrunken, oder der Gast hatte ihm wirklich viel gegeben.

Das Essen war gut gewesen und hatte Hartmann weniger gekostet, als er vermutet hatte. Zufrieden saß er auf seinem Stuhl und bestellte eine Viertelflasche Cognac für sich und einen süßen Likör für Toni. Er holte eine Zigarre aus seiner Tasche und schnitt sie mit seinem Messer zurecht. Dann griff er nach seinem Etui und bot Toni eine Zigarette an. Rauchend saßen sie einander gegenüber; der Rauch von beiden stieg auf und mischte sich. Über ihnen leuchteten die kleinen Lampen, und über den Lampen die Sterne am Himmel. Toni vertrieb den Zigarettenrauch mit den Fingern und rauchte voller Wohlbehagen. Hartmann schaute sie an und sagte: »Hör mal, Toni.« Toni hob den Blick zu ihm. Hartmann legte die Zigarre aus der Hand und sagte: »Ich hatte einen Traum.«

»Einen Traum?« Toni schloß die Augen, als träumte sie.

»Hörst du mir zu?« fragte Hartmann. Toni öffnete die Augen, blickte ihn an und schloß sie wieder.

Hartmann sagte: »Ich weiß nicht mehr, wann ich diesen Traum hatte, gestern oder vorgestern nacht, aber ich kann mich an jede Einzelheit erinnern, als ob ich immer noch träumte. Hörst du mir zu, Toni?« Sie nickte.

»In meinem Traum«, sagte Hartmann, »war ich in Berlin. Süßenstein kam mich besuchen. Du kennst doch Süßenstein, nicht? Damals kehrte er aus Afrika zurück. Ich freue mich immer sehr, ihn zu sehen, weil ihm der Geruch der großen, weiten Welt anhaftet, von der ich als Kind geträumt hatte. Aber an jenem Tag war ich nicht froh. Vielleicht, weil er mich am Morgen besuchte, wenn ich lieber allein bin, vielleicht freuen wir uns aber auch im Traum nicht immer über diejenigen, die wir gern haben, wenn wir wach sind. Jemand begleitete ihn, ein junger Mensch, der mir von dem Moment an verhaßt war, da er über die Schwelle trat. Er spielte sich auf, als wäre er mit Süßenstein abgekämpft von dessen Reisen zurückgekommen. Aus Respekt vor Süßenstein behandelte ich ihn freundlich. Hörst du zu?« »Ich höre zu«, flüsterte Toni, als fürchtete sie, mit ihrer Stimme seine Geschichte zu unterbrechen. Hartmann erzählte weiter.

»Süßenstein sah sich in meiner Wohnung um und sagte: Wenn ich so eine nette Wohnung wie deine finden würde, würde ich sie mieten; ich möchte mich eine Zeitlang hier aufhalten und bin die Hotels leid. Ich sagte ihm, daß eine nette Wohnung in Charlottenburg frei wäre, die er mieten könne. Er erwiderte, wir sollten gehen und sie anschauen. Ich sagte, ich müsse zuerst noch telefonieren. Nein, sagte er, wir sollten uns sofort auf den Weg machen. Ich ging mit ihm.«

Toni nickte und Hartmann fuhr fort:

»Als wir dort ankamen, fanden wir die Hausbesitzerin nicht. Ich wollte ihm Vorhaltungen machen, weil er so gedrängt und es so eilig gehabt hatte, hielt mich jedoch zurück, da ich sehr aufgebracht war und fürchtete, daß ich zu weit gehen könnte. Sein Begleiter trug dem Dienstmädchen auf, sie solle gehen und die Hausbesitzerin rufen. Das

Dienstmädchen blickte ihn argwöhnisch an, oder vielleicht hat sie ihn einfach nur angesehen, und ich habe mir wegen meiner starken Abneigung gegen ihn ihren Argwohn nur eingebildet. Gerade als sie hinausging, kam die Hausbesitzerin herein. Sie war dunkel, weder jung noch alt, nicht sehr groß, mit irgendwie triefenden Augen, und ein Bein war kürzer als das andere, aber man hätte sie deshalb nicht für einen Krüppel gehalten. Im Gegenteil, sie schien eher zu tanzen als zu gehen. Eine geheime Lust umspielte ihre Lippen, wie eine verschämte erotische Lust, eine jungfräuliche Lust.«

Hartmann wußte, daß Toni ihm genau zuhörte, trotzdem fragte er wieder: »Hörst du mir zu, Toni?« Dann erzählte er weiter.

»Die Zimmer, die sie uns zeigte, waren schön. Doch Süßenstein wandte sich ab und meinte: Ich würde dir nicht empfehlen, so eine Wohnung zu mieten; der Winter steht ja vor der Tür, und hier gibt es keinen Ofen. Erstaunt sah ich ihn an. Wer will denn eine Wohnung mieten, ich oder er? Ich habe ja eine hübsche Wohnung, mit der ich zufrieden bin, und ich will sie nicht mit einer anderen tauschen. Süßenstein wiederholte: Eine Wohnung ohne Ofen, eine Wohnung ohne Ofen, ich würde dir nicht empfehlen, sie zu nehmen. Die Hausbesitzerin sagte, daß es hier doch einen Ofen gäbe. Süßenstein fiel ihr ins Wort: Und wo steht dieser Ofen – im Schlafzimmer, während das Arbeitszimmer, meine Dame, ganz und gar Glas ist; suchst du eine Wohnung oder ein Observatorium, um die erfrorenen Vögel zu beobachten? Seine Worte waren so überzeugend, daß ich zu frieren begann. Ich sah mich um und stellte fest, daß es im Arbeitszimmer mehr Fenster als Wände gab. Ich nickte und stimmte ihm zu. Sie sah mich mit ihren schwachen, aber anmutigen Augen an und richtete sich mit einer tänzerischen Bewegung auf. Ich wandte mich von ihr ab und fragte mich, was ich gegen die Kälte tun und wie ich ihr entkommen könnte. Ich hatte schon eine Gänsehaut. Da erwachte ich und bemerkte, daß die Decke vom Bett gerutscht war.«

Nachdem Hartmann seinen Traum zu Ende erzählt hatte, beschlich ihn das Gefühl, daß er ihn besser nicht erzählt hätte, obwohl er so etwas wie eine Erleichterung verspürte. Um seinem Zwiespalt Ausdruck zu geben, machte er sich darüber lustig: »Eine hübsche Geschichte habe ich dir erzählt. Die Sache war wirklich nicht der Erwähnung wert.« Toni leckte sich die Lippen, und ihre Augen wurden feucht. Unwillkürlich blickte er sie an, und es kam ihm so vor, als ob ihn die Hausbesitzerin mit genau denselben Augen angesehen hätte. Jetzt fehlte nur noch ... er fand keine Worte dafür, aber er glaubte, daß Toni, wenn sie aufstehen würde, ebenfalls hinken würde. Da er von der Frau in seinem Traum jedoch wußte, daß es nicht wie eine Behinderung aussehen würde, würde er auch Toni, wenn sie hinken würde, nicht für verkrüppelt halten. Er erhob sich, nahm seinen Hut und sagte: »Laß uns gehen.«

Toni stand auf, nahm die Blumen aus der Vase, schüttelte das Wasser ab und wickelte sie in ein Papier. Dann roch sie an ihnen und zögerte noch eine kurze Zeit lang in der Hoffnung, daß Michael zurückkäme und sich setzte, da sie Angst hatte, daß ihre Vertrautheit auf dem Weg verloren ging. Der Kellner erschien, gab Toni den Sonnenschirm und geleitete sie unter Verbeugungen aus dem Garten hinaus. Als sie weg waren, löschte er die Lichter.

Der Garten war so dunkel wie die ganze Umgebung. Ein Frosch hüpfte durch das Gras. Erschrocken ließ Toni ihre Blumen fallen.

Vom Flußufer tönte das Quaken der Frösche. Die Stromleitungen sprühten Funken. Offenbar war dort etwas nicht in Ordnung. Nach einigen Schritten waren Stromkabel und Masten nicht mehr zu sehen, dafür blitzten neue Funken auf: Glühwürmchen, die mit ihrem Licht die Finsternis sprenkelten.

Hartmann blieb verwundert stehen. »Was geht hier vor?« fragte er sich. Doch er war nicht beunruhigt, als ob die Antwort gleichsam in der Frage enthalten wäre.

Allmählich erreichten sie den Fluß, der träge in seinem Bett lag. Das Wasser bewegte sich unmerklich. Sterne schienen auf die unsichtbaren Wellen, und der Mond blickte starr auf die Wasseroberfläche. Aus der Ferne war der Ruf eines Raubvogels zu hören, und sein Echo durchschnitt die Luft.

Toni entspannte ihre Beine und stützte sich dabei auf ihren Schirm. Sie ließ ihre Augenlider zufallen und begann zu dösen. Die Wellen erhoben sich und brachen kraftlos zusammen. Die Frösche quakten, und die Flußpflanzen verbreiteten modrige Wärme.

Toni war müde; sie blinzelte. Die Flußweiden rauschten, und das Wasser schaukelte schwach. Toni verlor die Kontrolle über ihre Augen, die sich unwillkürlich schlossen. Aber Michael war wach. Noch nie in seinem Leben war er so wach gewesen wie in diesem Moment. Die kleinste Regung brachte Bewegung in ihn, er beobachtete alles eindringlich, damit ihm nur ja nichts von dem entginge, was hier geschah. Wie gut für Michael, daß er Toni auf der Welt hatte, und daß sie in diesem Augenblick bei ihm war. Allein, was gut für ihn war, war noch lange nicht gut für sie. Sie war müde und konnte sich kaum mehr auf den Beinen halten.

Michael fragte Toni: »Bist du müde?« Sie antwortete: »Nein, ich bin nicht müde.« Aber ihre Stimme strafte ihre Worte Lügen.

Michael lachte, und Toni schaute ihn überrascht an. Lachend sagte er: »Einmal bin ich mit den Mädchen spazieren gegangen. Ich fragte sie: Seid ihr müde? Renate antwortete: Ich bin nicht müde, nur meine Beine sind müde.«

Toni seufzte und sagte: »Ein süßer Spatz.«

Hartmann bereute, daß er die Mädchen erwähnt hatte. Er sah sich nach einer Droschke um, mit der sie in die Stadt zurückkehren könnten. Die Erde war still. Weder das Geräusch von Rädern einer Kutsche noch der Lärm eines Automobils waren zu hören. Er blickte in alle Himmelsrichtungen, ob es irgendwo eine Telefonzelle gäbe. Er hatte Mitleid mit seiner kleinen Frau, die erschöpft weiterging. Ein- oder zweimal stützte er sie. Von der feuchten Luft war ihr Kleid naß geworden, und sie zitterte ein bißchen. Wenn er sie nicht bald unter ein Dach brächte, würde sie sich am Ende bestimmt noch erkälten.

Es war naßkalt, und bis zur Stadt war es weit. Michael wollte seinen Mantel ausziehen und ihn Toni umhängen. Aber er hatte Angst, sie würde es nicht zulassen; und er wollte nichts tun, was sie zu einer Ablehnung veranlassen könnte.

Michael sagte sich: »Vielleicht gibt es in dem Gasthof, wo wir gegessen haben, ein Bett für sie.« Er nahm sie am Arm und sagte: »Laß uns zu dem Gasthof zurückgehen.« Völlig entkräftet schleppte sich Toni hinter ihm her.

4

Sie gingen auf demselben Weg zurück, bis sie den Garten erreichten. Hartmann klopfte an und öffnete das Tor. Sie traten ein und stiegen die Steintreppe hinauf. Das Haus war still. Weder der Kellner noch das Mädchen waren zu sehen. Offenbar schliefen alle, und man erwartete keine Gäste mehr. Bei jedem Schritt spürten sie ihre Unerwünschtheit.

Hartmann öffnete die Haustür und trat ein. Er sprach einen Gruß in den Raum und erhielt keine Antwort. Er stieß auf einen alten Mann, der über den Tisch gebeugt saß; er hatte eine Pfeife im Mund und ein zorniges Gesicht.

Hartmann fragte den Alten: »Gibt es hier eine Möglichkeit zu übernachten?« Der Alte betrachtete ihn und die Frau, die bei ihm war. Man konnte dem alten Mann ansehen, daß er nicht gerade erfreut von diesem Paar war, das hier nach Mitternacht ankam, um ein Liebesnest ausfindig zu machen. Er nahm die Pfeife aus dem Mund, legte sie auf den Tisch, warf ihnen einen ärgerlichen Blick zu und antwortete schroff: »Ein Zimmer ist frei.« Toni wurde rot. Michael zerknüllte seinen Hut und schwieg. Der Hausherr nahm seine Pfeife, drehte sie um und klopfte sie auf dem Tisch aus. Er häufte die Asche auf die verbrannten Krümel, nahm die Tabakreste und stopfte sie wieder in die Pfeife. Er drückte sie mit dem Daumen hinein und sagte: »Wir werden das Zimmer für die Frau herrichten.« Schließlich hob er den Blick und sagte: »Wir werden auch einen Platz für den Herrn finden. Im Notfall machen wir gewöhnlich auf dem Billardtisch ein Bett zurecht.«

Toni verneigte sich vor dem Hausherrn und sagte: »Tausend Dank.« Hartmann fragte: »Können Sie uns das Zimmer zeigen?«

Der Hausherr erhob sich, zündete eine Kerze an, machte ihnen die Tür auf und trat mit ihnen in einen großen Raum, in dem drei Betten standen, eines davon war gemacht. Es gab einen Waschtisch, auf dem sich zwei Schüsseln und zwei Krüge voll Wasser befanden, außerdem eine große Flasche, die bis zur Hälfte gefüllt und mit einem umgedrehten Wasserglas verschlossen war. Über dem gemachten Bett hing ein zerbrochenes Geweih mit einem Brautkranz; an den Wänden hingen ein Hirschkopf und der Kopf eines Wildschweins, beide hatten rote Glasaugen. Der Wirt hob das Wasserglas hoch, untersuchte es und stellte es umgedreht ab. Dann wartete er, bis Hartmann das Zimmer verließ.

Hartmann streckte die Hand aus, um die Matratze zu prüfen. Der Wirt beobachtete ihn dabei und sagte: »Noch nie hat jemand gesagt, daß er in diesem Haus keinen angenehmen Schlaf gefunden hätte.« Hartmann erbleichte, seine Hand war noch hilflos ausgestreckt. Der Wirt stellte die Kerze vor das gemachte Bett und sagte: »Und jetzt kommen Sie bitte mit mir, ich werde Ihnen ihr Bett herrichten.« Er wartete darauf, daß sein Gast mit ihm käme.

Endlich begriff Hartmann, was der Wirt wollte. Er nahm Tonis Hand und wünschte ihr gute Nacht. Sie drückte seine Hand, und ihr Blick ging ihm zu Herzen.

Kurz darauf richtete der Wirt für Hartmann ein Bett auf dem Billardtisch her und unterhielt sich dabei mit ihm. Sein Zorn verrauchte, und sein Gesicht bekam einen freundlichen Ausdruck. Nun, da der Gast ohne Frau war, respektierte er ihn. Er erkundigte sich bei seinem Gast, auf wieviel Matratzen er zu schlafen pflegte, mit was für einer Decke er sich gewöhnlich zudeckte, mit einer dünnen oder mit einer dicken, und ob er vor dem Schlafengehen noch etwas trinken wollte. Schließlich gab er ihm eine brennende Kerze und

Streichhölzer, dann verließ er das Zimmer. Kurze Zeit später ging Hartmann in den Garten hinaus.

Die Lichter hatte man schon gelöscht, aber vom Himmel kam genügend Licht, um die Dunkelheit zu erhellen. Gräser und Alraunwurzeln verbreiteten einen frischen, feuchten Duft. Eine Kastanie fiel vom Baum und platzte auf. Eine weitere Kastanie fiel, schlug auf und zerplatzte.

Hartmann konzentrierte sich auf das Nachtgeschehen. Nach einer Weile ging er zu dem Tisch, wo er mit Toni zu Abend gegessen hatte; die Stühle lehnten gekippt dagegen, und Tau perlte über die entblößte Tischplatte. Unter dem Tisch lag eine dicke Zigarre. Das war die Zigarre, die Hartmann auf den Tisch gelegt hatte, als er begann, Toni seinen Traum zu erzählen.

»Jetzt wollen wir rauchen«, sagte Hartmann. Noch bevor er sich eine Zigarre genommen hatte, hatte er schon vergessen, was er wollte.

Hartmann fragte sich: »Was wollte ich doch noch gleich? Den kleinen Hügel gegenüber erklimmen.« Tatsächlich hatte er das gar nicht vorgehabt, aber er erklomm ihn, weil er es gesagt hatte.

Diese kleine Erhebung hatte die Form einer runden Kappe, unten breit ausladend, oben klein; der Gipfel war flach, bot wenig Platz und war von Sträuchern und Feigenkakteen umwachsen. Er atmete tief ein und überlegte: »Bestimmt gibt es für jeden einzelnen Kaktus einen besonderen Namen. Wieviele Kakteennamen mir wohl einfallen? Mehr als ich dachte. Ich frage mich, ob der Gärtner sich mit den Kakteen mehr Mühe gibt als mit den Blumen. Diese Gärtner reißen die Kakteen gewöhnlich dort aus, wo sie normalerweise wachsen, und setzen sie an die falschen Plätze. Vielleicht kenne ich gerade die Namen der Kakteen, die hier wachsen.« Plötzlich lächelte er und sagte: »Dieser Wirt hat keine Ahnung, wie ich und Toni zueinander stehen. Wie er sich aufgeregt hat, als wir nach einer Schlafgelegenheit fragten. Nun will ich mir mal ansehen, was es hier gibt.«

Als er den Hügel betrachtete, fiel ihm etwas ein. Als er noch klein war, ging er einmal mit seinen Freunden spazieren und sah einen Hügel. Er kletterte hinauf, stolperte und rollte hinunter. Er hatte das Gefühl, er befände sich in derselben Situation, und bekam Angst, daß er vielleicht wieder fallen könnte, nein, daß er bestimmt fallen würde. Ein Wunder, daß er noch nicht gestürzt und hinabgerollt war. Doch selbst wenn es bis jetzt noch nicht passiert war, am Ende würde er dennoch fallen, obwohl hier gar keine Gefahr bestand, seine Angst würde ihn zu Fall bringen, und er würde hinabstürzen. Noch stand er aufrecht, aber seine Beine würden einknicken, er würde abrutschen und hinunterkugeln und sich alle Knochen dabei brechen.

Er faßte sich ein Herz und machte sich an den Abstieg. Als er unten ankam, war er überrascht. Wie hoch war der Hügel, dreißig Zentimeter oder einen halben Meter hoch? Doch wieviel Angst hatte er ihm eingejagt! Er schloß die Augen und sagte: »Ich bin müde.« Er kehrte zum Gasthof zurück.
Ganz still war es im Haus. Der Wirt saß allein im Alkoven bei einem guten Schlaftrunk und kratzte sich an den Knöcheln. Hartmann schlich sich unbemerkt hinein, zog sich aus und legte sich auf den Billardtisch. Er deckte sich zu und starrte auf die Wand.

»Wie seltsam«, grübelte Hartmann, »die ganze Zeit, da ich auf dem Hügel stand, habe ich mir nur über mich selbst Gedanken gemacht, als ob ich allein auf der Welt wäre, als ob ich nicht zwei Töchter hätte. Als ob ich – keine Frau hätte.«

Hartmann liebte seine Töchter, wie ein Vater seine Kinder nur lieben kann. Aber wie alle anderen Väter vergaß er über seinen Kindern auch sich selber nicht. Das Erlebnis mit dem Hügel nahm er sich zu Herzen. Er schämte sich deswegen und wunderte sich über sich selbst. Wieder versank er in Selbstbetrachtungen.

Was war mit ihm auf dem Hügel geschehen? Eigentlich war ihm gar nichts geschehen. Er hatte den Hügel erklommen und das Gefühl gehabt, fallen zu müssen und hinunterzurollen. Wenn er gestürzt wäre – na und? Er hätte auf dem Boden gelegen und wäre aufgestanden. Er streckte sich auf seinem Bett aus und dachte schmunzelnd: »Was für eine lächerliche Figur Tänzer gemacht hat, als ich dem Albino Toni wegnahm. Es gibt doch noch Dinge, die einen erheitern. Aber jetzt noch mal von vorne: was war das mit dem Hügel? Es geht nicht um den Hügel, auf dem ich gerade gestanden bin, sondern um den Hügel, von dem ich heruntergefallen bin. Damals war ich mit meinen Freunden unterwegs. Ich hatte den Hügel erklommen, und plötzlich fand ich mich im Graben wieder.« An den Fall konnte er sich nicht mehr erinnern, nur, wie er im Graben gelegen und eine süßliche Flüssigkeit in seinem Mund war; seine Lippen waren aufgeplatzt und seine Zunge geschwollen, sein ganzer Körper war zerschunden. Aber er fühlte sich so entspannt wie jemand, der eine schwere Last von sich wirft und seine Glieder reckt. Er war danach noch oft hingefallen, aber nie mehr hatte er sich dabei so entspannt gefühlt. Anscheinend kann ein Mensch so eine Erfahrung nur einmal im Leben machen.

Er machte die Kerze aus, schloß die Augen und versuchte, diese Geschichte im Gedächtnis zu behalten. Die Einzelheiten gingen durcheinander wie in einem Traum. Aus den

Mauern des Hauses erklang das Zirpen einer Grille und verstummte; die Intensität der Stille verdoppelte und verdreifachte sich. Seine Glieder entspannten sich, und er fand Ruhe. Wieder begann die Grille zu zirpen. »Ich möchte nur wissen«, dachte Hartmann, »wie lange dieses Zirpen noch dauert.« Mitten in diesem Gedanken kam ihm Toni in den Sinn. Er hatte ihr Antlitz vor Augen, stellte sich ihre Bewegungen vor und die zwei Punkte, wo ihr braunes Kleid ihre nackte Haut entblößte. »Man kann nicht leugnen, daß sie nicht mehr ganz jung ist, sie hat zwar noch keine weißen Haare, aber viele Falten bekommen. Die häßlichste ist diese Falte bei der Oberlippe. Ob ihr ein Zahn fehlt?«

Er kam auch jetzt nicht von all dem los, was er über die Jahre hinweg an Toni auszusetzen gehabt hatte, aber er fühlte, daß sie ihm wegen keines Makels weniger bedeutete. In zärtlicher Verbundenheit stellte er sich ihr Gesicht vor, dieses wunderschöne Antlitz; doch ganz gegen seinen Willen begann es sich ihm zu entziehen. Wie schmal ihre Schultern waren. Aber sie hatte die Figur eines hübschen jungen Mädchens. Mit dem Arm beschrieb er die Rundungen in der Luft und spürte, wie er rot wurde. Während er noch mit sich selbst sprach, hörte er etwas wie ein Stöhnen. Da er an seine Frau gedacht hatte, glaubte er, daß das Stöhnen aus ihrem Zimmer gekommen wäre. Er öffnete die Augen, hob den Kopf und lauschte. »Hilf mir, Gott, hilf mir. Ob ihr etwas passiert ist?« Tatsächlich konnte er überhaupt nichts gehört haben, weil ihn eine dicke Wand von ihr trennte. Es war auch kein Stöhnen von jemand gewesen, der sich in Not befand. Trotzdem richtete er sich auf seinem Bett auf, falls vielleicht wieder etwas zu hören war, falls irgendein Lebenszeichen von ihr an seine Ohren drang. Vielleicht konnte er ihr zu Hilfe eilen. Wieder erschien sie ihm so, wie er sie heute erlebt hatte: wie sie ihren Schleier zurückschlug, wie sie die Astern hochhielt, wie sie den Sonnenschirm in den Boden bohrte, wie sie den Rauch der Zigarette vertrieb. Allmählich verschwand der Sonnenschirm, der Rauch hörte auf und die Astern vervielfältigten sich, bis sie jenen Hügel bedeckten. In ungläubigem Staunen starrte er vor sich hin. Da fielen ihm die Augen zu, sein Kopf sank auf das Kissen und er schlief ein. Seine Gedanken entschwebten in die Welt der Träume, in der ihn keine Wand mehr von ihr trennt.

DER ARZT
UND SEINE GESCHIEDENE FRAU

1

Bei meinem Dienstantritt im Krankenhaus fiel mir eine junge, blonde Frau auf, die dort Krankenschwester war, allseits beliebt und von allen Kranken gepriesen. Kaum hörten sie ihre Schritte, richteten sie sich auch schon in ihren Betten auf und streckten, dem einzigen Kind einer Mutter gleich, die Arme nach ihr aus. Jeder einzelne rief: »Schwester, Schwester, komm zu mir!« Selbst bei jenen, die schnell aufbrausen und sich über jede Kleinigkeit aufregen, glätteten sich die Stirnfalten, sobald sie erschien: ihr Zorn verrauchte und bereitwillig fügten sie sich ihren Anordnungen. Nicht, daß sie gern Anweisungen gegeben hätte, vielmehr genügte das Lächeln, das ihren Mund umspielte, daß man ihr gehorchte. Außer ihrem Lächeln waren es vor allem ihre Augen, in denen sich tiefes Blau mit Schwarz vermischte, die jedem, der sie ansah, das Gefühl gaben, er sei der Wichtigste auf der Welt. Einmal hatte ich mich gefragt, woher diese Kraft käme. Seit ich einen Blick in ihre Augen warf, ist es mir wie allen anderen Kranken ergangen. Sie hatte mir gegenüber keine Absichten, genausowenig wie auf sonst irgend jemand, denn dieses Mädchen hatte kein Verlangen nach einem Mann. Doch das Lächeln auf ihren Lippen und die schwarz-blaue Färbung ihrer Augen taten von selbst ihre Wirkung – weit mehr, als sie, die diese Gaben besaß, sich wünschte. Wie beliebt und gern gesehen war sie bei allen Leuten! Selbst ihre Kolleginnen gingen liebevoll und freundschaftlich mit ihr um. Sogar die Oberschwester, eine Frau um die Vierzig, von guter Herkunft, farblos und ausgelaugt wie Essig, die Kranke, Ärzte und überhaupt alles haßte, außer vielleicht schwarzen Kaffee, Salzgebäck und ihr Schoßhündchen, war ihr gegenüber wie entwaffnet. Sie, die alle Mädchen anblickte, als wären sie »vom Aussatz halb zerfressen« (Num 12,12), blickte wohlgefällig auf jene Krankenschwester. Wie meine Arztkollegen zu ihr standen, muß wohl kaum erwähnt werden. Jeder Arzt pries sich glücklich, wenn sie ihm bei einem Kranken assistierte. Selbst unser Professor, dessen Augen von den leidenden Kranken zu deren ordentlich gemachten Betten wanderten, nahm es ihr nicht übel, wenn er sie auf dem Bett eines Kranken sitzen sah. Dieser Alte, der viele Schüler hatte und Heilmittel gegen viele Krankheiten entdeckte, starb in einem Konzentrationslager. Ein Nazi-Offizier hatte jeden Tag seinen Mutwillen mit ihm getrieben und ihm körperliche Torturen auferlegt. Einmal hatte er ihm befohlen, sich mit gespreizten Armen und Beinen flach auf den Bauch zu legen. Sobald er sich hingelegt hatte, befahl er ihm aufzustehen; wenn er nicht schnell genug war, gab er ihm einen Tritt mit seinen nägelbeschlagenen Stiefeln, hackte ihm schließlich die Fingerspitzen ab, so daß er eine Blutvergiftung bekam und starb. Was soll ich sonst noch erzählen? Dieses Mädchen gefiel mir, so wie es allen gefiel. Immerhin kann ich hinzufügen, daß auch sie von mir angetan war. Ich bin zwar nicht der einzige, der das von sich behaupten kann, aber der einzige, der sich traute, während die anderen sich nicht trauten: Ich heiratete sie.

2

Wie es dazu kam? Eines Tages verließ ich am Nachmittag den Speiseraum. Ich begegnete Dina. Ich sprach sie an: »Sind Sie beschäftigt, Schwester?« Sie sagte: »Nein, ich bin nicht beschäftigt.« »Ist heute ein besonderer Tag?« fragte ich. Sie antwortete: »Heute habe ich mir freigenommen vom Krankenhaus.« »Und was fangen Sie mit Ihrem freien Tag an?« wollte ich wissen. »Ich habe noch nicht darüber nachgedacht«, meinte sie. Ich sagte: »Mit Ihrer Erlaubnis werde ich Ihnen einen Vorschlag machen.« »Ich bitte darum, Herr Doktor.« »Aber nur, wenn ich für den Rat belohnt werde«, fuhr ich fort, »umsonst gibt es heutzutage nichts mehr«. Sie blickte mich an und lachte. »Mir ist da eine gute Idee gekommen«, sagte ich, »eigentlich sind es zwei: erstens werden wir in den Prater gehen und zweitens in die Oper; und wenn wir uns beeilen, können wir zuallererst noch ein Café aufsuchen. Einverstanden, Schwester?« Sie nickte voller Sympathie.

Ich fragte sie: »Wann gehen wir?« »Wann Sie wollen«, antwortete sie. »Ich werde gleich alles erledigen, dann komme ich«, sagte ich, und sie: »Wann immer Sie kommen: ich werde bereit sein.« Sie ging auf ihr Zimmer, und ich regelte meine Angelegenheiten. Kurz danach kam ich zu ihr. Sie hatte sich umgezogen. Sie schien mir plötzlich ein anderer Mensch zu sein, und ihre Veränderung machte sie doppelt liebenswert: der Charme, den sie bereits in ihrer Dienstkleidung ausübte, wurde noch übertroffen von demjenigen, den sie in diesem Kleid besaß. Ich saß in ihrem Zimmer, sah die Blumen, die auf ihrem Tisch und neben ihrem schmalen Bett standen und fragte sie: »Kennen Sie die Namen dieser Blumen?« Ich nannte den Namen jeder Blume, auf deutsch und lateinisch. Allmählich überkam mich die Furcht, daß vielleicht ein Schwerkranker gebracht und man nach mir verlangen würde. Ich erhob mich von meinem Stuhl und drängte sie zu gehen. Ich bemerkte ihr Bedauern. »Warum sind Sie betrübt?« fragte ich. »Ich hatte gedacht, daß Sie etwas essen würden«, sagte sie. Ich erwiderte: »Lassen Sie uns jetzt gehen. Wenn Sie möchten, komme ich bestimmt wieder. Alles, was Sie mir geben werden, wird mir schmecken, und ich werde noch mehr verlangen.« Sie fragte: »Darf ich darauf hoffen?« Ich antwortete: »Ich habe es ja schon versprochen, und, wie ich schon sagte, ich werde noch mehr verlangen.«

Wir verließen den Hof des Krankenhauses; zum Pförtner sagte ich: »Sehen Sie diese Krankenschwester? Ich entführe sie von hier.« Der Pförtner blickte uns wohlwollend an und sagte: »Alles Gute, Herr Doktor! Alles Gute, Schwester Dina!«

Wir gingen zur Straßenbahnhaltestelle. Die erste, die kam, war voll. Die zweite kam, und wir sagten: »Nehmen wir die.« Dina stieg ein. Als ich ihr nachkam, rief der Fahrer: »Alle Plätze sind besetzt!« Sie stieg aus und wartete mit mir auf die nächste. Da hielt ich alle, die meinen, daß man einer Straßenbahn und einem Mädchen, die einen stehenließen, nicht nachweinen sollte, für Dummköpfe. Denn was das Mädchen angeht – wie Dina finde ich keines mehr; und was die Straßenbahn betrifft, so ist es mir um jede Verzögerung leid.

Ein Vorortzug traf ein. Seine Abteile waren neu, geräumig und menschenleer, also stiegen wir dort ein. Plötzlich (oder nach der Uhrzeit: eine Stunde später) erreichte der Zug die Endstation, und wir befanden uns an einem hübschen Ort mit vielen Gärten und nur wenigen Häusern.

Wir überquerten die Straße und unterhielten uns dabei über das Krankenhaus, die Patienten, die Oberschwester, die Ärzte und den Professor, der einen Fasttag pro Woche für alle Kranken mit Nierensteinen eingeführt hatte, nachdem einer, der an dieser Krankheit litt, am Versöhnungstag gefastet und danach kein Eiweiß mehr im Urin hatte. Dann redeten wir über alle, die der Krieg zu Krüppeln gemacht hatte, und waren erleichtert, daß uns unser kleiner Ausflug durch einen Ort führte, wo keine Invaliden zu sehen waren. Unvermittelt streckte ich die Arme aus und rief: »Lassen wir das Krankenhaus Krankenhaus und die Krüppel Krüppel sein, reden wir über erfreulichere Dinge!« Sie stimmte mir zu, obwohl in ihrem Gesicht die Besorgnis abzulesen war, wir könnten womöglich kein anderes Gesprächsthema finden.

In der Nähe spielten Kinder. Sie sahen uns und tuschelten. Ich sagte zu Dina: »Wissen Sie, meine Dame, worüber sich die Kleinen unterhalten? Sie reden über uns.« »Vielleicht«, sagte sie. Ich fragte: »Wissen Sie, was sie gesagt haben? Sie sagten: Diese beiden sind Braut und Bräutigam!« Sie errötete und meinte: »Ja, vielleicht haben sie das gesagt.« »Und Sie haben nichts dagegen?« wollte ich wissen. Sie fragte: »Wogegen?« Ich antwortete: »Gegen das, was die Kinder gesagt haben.« »Warum sollte mich das kümmern?« meinte sie. Ich erwiderte: »Wenn es nun wirklich so wäre, was würden Sie dazu sagen?« »Worauf wollen Sie hinaus?« fragte sie. Ich faßte mir ein Herz und sagte: »Wenn es wahr wäre, was die Kinder gesagt haben, daß heißt, wenn wir beide ein Paar wären.« Sie lachte und blickte mich an. Ich nahm ihre Hand und sagte: »Gib mir auch die andere Hand.« Sie gab sie mir. Ich beugte mich hinunter, küßte ihre beiden Hände und schaute sie an. Sie errötete noch mehr. Ich sagte zu ihr:

»Im Volksmund gibt es ein Sprichwort: Kinder und Narren sprechen die Wahrheit. Was die Kinder gesagt haben, haben wir gehört. Nun hör zu, was jener Narr zu sagen hat – ich meine mich –, in einem Anflug von Weisheit.«

Stotternd brachte ich hervor: »Hör mal, Dina ...« Noch bevor ich alles gesagt hatte, was ich auf dem Herzen hatte, war ich schon der glücklichste Mensch auf der Welt.

3

Nie hatte ich eine schönere Zeit erlebt als in jenen Tagen zwischen unserer Verlobung und Heirat. Früher hatte ich gedacht, daß sich eine Heirat nur aus der Notwendigkeit ergibt, daß ein Mann eine Frau und eine Frau einen Mann braucht. Jetzt verstand ich, daß es kein schöneres Bedürfnis als dieses gab. In dieser Zeit lernte ich verstehen, was die Dichter dazu trieb, Liebesgedichte zu verfassen, obwohl ich ihnen kaum beipflichten oder ihre Gedichte nachvollziehen konnte, da sie ja nicht für Dina, sondern für andere Frauen geschrieben waren. Manchmal saß ich nur da und staunte: Wieviele Schwestern gibt es im Krankenhaus, wieviele Frauen überhaupt auf der Welt, und ich verschwende keinen Gedanken an sie, nur an dieses eine Mädchen denke ich die ganze Zeit. Sobald ich sie wiedersah, sagte ich mir: »Mensch, du bist nicht bei Verstand gewesen, sie für eine Frau wie alle anderen zu halten.« Genauso außergewöhnlich, wie sie für mich war, war ich für sie. Aber jene schwarz-blaue Färbung in ihren Augen verdunkelte sich wie eine Wolke, die sich zusammenbraut, und der Tränenausbruch stand kurz bevor.

Einmal fragte ich sie danach. Sie starrte mich an ohne zu

antworten. Ich wiederholte meine Frage. Sie drückte sich an mich und sagte: »Du weißt nicht, wieviel du mir bedeutest und wie sehr ich dich liebe.« Ein Lächeln umspielte ihren Mund, ein Lächeln, daß mich wahnsinnig machte durch seine Süße und seinen Kummer.

Ich fragte mich, woher diese Traurigkeit kam, wenn sie mich doch liebte. Vielleicht waren ihre Angehörigen arm? »Sie sind wohlhabend«, sagte sie. Vielleicht hat sie einem anderen Mann das Versprechen gegeben, ihn zu heiraten? Sie sagte, sie sei in keiner Weise gebunden. Sie wurde noch zärtlicher – und schwieg. Gleichwohl begann ich, Nachforschungen bei ihren Verwandten anzustellen. Womöglich waren sie reich, sind aber verarmt, so daß sie Mitleid mit ihnen hatte. Ich brachte in Erfahrung, daß sie teils Industrielle, teils in anderen Berufen erfolgreich waren, und daß alle ein gutes Auskommen hatten. Stolz erfüllte mich. Ich war ein Arme-Leute-Kind, mein Vater war ein mittelloser Blechschmied gewesen. Ich achtete sorgfältig auf meine Kleidung. Obwohl sie auf Kleider keinen Wert legte, tat sie es doch, als ich sie darum bat. Und meine Zuneigung zu ihr wuchs. Das ist völlig unlogisch, denn schließlich hatte ich ihr ja meine ganze Liebe schon gegeben, genauso wie sie mir ihre ganze Liebe geschenkt hatte. Aber in dieser Liebe war auch ein wenig Traurigkeit, die meiner Freude einen bitteren Tropfen beimischte.

Dieser Tropfen vergiftete meinen ganzen Körper. Ich grübelte: »Was hat es mit dieser Traurigkeit auf sich? Ist die Liebe so beschaffen?« Ständig drang ich in sie, mir doch den Grund für diese Traurigkeit zu verraten. Sie versprach es mir, tat es jedoch nie. Ich erinnerte sie an ihr Versprechen. Sie nahm meine Hand, hielt sie fest und sagte: »Liebster, laß uns einfach nur glücklich sein, nichts soll unser Glück trüben.« Und sie seufzte dabei so, daß es mir einen Stich ins Herz gab. Ich fragte sie: »Dina, warum seufzt du?« Sie lächelte und sagte unter Tränen: »Bitte, Liebling, sei still.« Ich schwieg und stellte keine Fragen mehr. Aber meine Gedanken fanden keine Ruhe. Ich wartete nur darauf, daß sie mir den Grund offenbaren würde.

4

Eines Nachmittags suchte ich sie auf. Sie hatte gerade dienstfrei, saß in ihrem Zimmer und nähte sich ein neues Kleid. Ich faßte es am Saum, glättete es, hob den Blick und sah sie an. Unsere Blicke trafen sich. Sie sagte: »Ich hatte einen anderen.« Sie bemerkte, daß ich die Bedeutung ihrer Worte nicht begriff. Sie erklärte es mir. Mir schwindelte und ein Frösteln schüttelte mich. Ich schwieg. Kein Wort brachte ich heraus. Endlich sagte ich: »So etwas wäre mir nie in den Sinn gekommen.« Als ich das gesagt hatte, setzte ich mich, überrascht und verwundert zugleich: überrascht über meine Gelassenheit und verwundert über sie, daß sie etwas getan hatte, daß ihrer unwürdig war. Trotzdem verhielt ich mich ihr gegenüber genauso wie immer, als ob sie nichts verloren hätte. Tatsächlich war sie in jenem Moment in meiner Achtung auch nicht gesunken, sie war mir ebenso lieb wie am ersten Tag. Als sie das bemerkte, spielte wieder ein Lächeln um ihre Lippen. Aber vor ihren Augen war alles schwarz, wie bei jemand, der aus einer Dunkelheit heraustritt und in eine andere gerät. Ich fragte sie: »Wer war dieser Mann, der dich verlassen und nicht zur Frau genommen hat?« Sie wich aus und gab mir keine Antwort darauf. Ich sagte: »Du siehst doch, Dina, daß ich keinen Groll gegen dich hege, ich habe nur aus Neugier gefragt. Sag mir also, meine Liebe: wer war es?« Sie entgegnete: »Was kümmert es dich, wie er heißt?« »Trotzdem«, beharrte ich. Sie nannte mir seinen Namen. »Ist er Dozent oder Professor?« fragte ich. Sie antwortete: »Beamter.« Ich ging im Geiste die höheren Beamten durch, die für ihre Verwandten arbeiteten: Intellektuelle, Gelehrte und Erfinder. Sicherlich hatte sie sich in den Wichtigsten unter ihnen verliebt. Eigentlich spielte es keine Rolle, wer jener Mann war, dem diese Frau, die mir mehr bedeutete als alles in der Welt, ihre Liebe geschenkt hatte; nur um mein Selbstbewußtsein zu stärken sagte ich mir, es müsse ein großer Mann sein, bedeutender als seine Kollegen. Ich fragte sie: »Ein Beamter? Was hat er für eine Arbeit?« Sie antwortete: »Er ist Gerichtsschreiber.« »Ich wundere mich über dich, Dina«, sagte ich, »daß du dich von einem kleinen Beamten, einem Schreiber, der dich darüber hinaus auch noch verlassen hat, betören lassen konntest. Das bedeutet doch, daß er es von Anfang an nicht wert war.« Sie schlug die Augen nieder und schwieg. Von da an rührte ich nicht mehr an diese alte Geschichte, genausowenig wie ich wissen wollte, welches Kleid sie am Tag zuvor getragen hatte. Und wenn ich mich daran erinnerte, verdrängte ich es sofort, bis wir unter dem Baldachin standen.

5

Wir feierten unsere Hochzeit im stillen und ohne Pomp, wie die meisten unserer Zeitgenossen. Ich habe nämlich überhaupt keine Angehörigen mehr, abgesehen vielleicht von jenem Verwandten, den mein Vater einmal zu Gesicht bekam. Und sie hat sich von ihrer Familie entfernt, seit wir uns nähergekommen sind. Außerdem war es in jener Zeit nicht üblich, Essen und Gesellschaften zu geben. Regierungen kamen und gingen, und dazwischen gab es Unruhen, Verwirrung und panische Untergangsstimmung. Wer am Tag zuvor noch an der Spitze des Staates gestanden hatte, konnte am folgenden schon gefesselt im Gefängnis liegen oder mußte sich im Ausland verstecken.

So kam es, daß wir unsere Hochzeit ohne Verwandte und ohne geladene Gäste feierten. Lediglich eine geringe Anzahl trauriger Gestalten, die der Synagogendiener für das erforderliche Quorum herbeigeholt hatte, kam zu meiner Hochzeit, nachdem sie ein, zwei Stunden vorher für eine Beerdigungszeremonie benötigt worden waren. Wie armselig waren ihre geborgten Kleider, wie komisch ihre in die Höhe ragenden Zylinder, und wieviel Frechheit lag in ihren gierigen Blicken; sie warteten nur auf den Moment, da das Hochzeitszeremoniell beendet würde, und sie mit dem Geld, das ihnen meine Hochzeit eingebracht hatte, eine Kneipe aufsuchen könnten. Obwohl mir die ganze Situation seltsam genug vorkam, war ich in guter Stimmung, und nichts störte mein Glück. Sollen sich doch andere im Beisein reicher und berühmter Hochzeitsgäste trauen lassen – ich werde neben armen Leuten heiraten, die sich mit dem Lohn für ihre Mühe ein Stück Brot kaufen können. Die Kinder, die wir haben werden, werden mich nicht fragen: »Vater, wer war bei deiner Hochzeit«, genausowenig wie ich meinen Vater gefragt habe, wer bei seiner Hochzeit gewesen war. Ich griff in die Tasche, holte ein paar Schillinge heraus und gab sie dem Synagogendiener, der sie unter den Männern aufteilte, zusätzlich zum Entgelt. Er nahm das Geld und sagte, was zu sagen war. Ich hatte befürchtet, daß mich die Männer mit Lob und Dank überschütten würden und hatte mir vorgenommen, ihnen darauf zu antworten: »Das steht mir nicht zu.« Doch kein einziger von ihnen kam zu mir. Einer stützte sich vornübergebeugt auf seinen Stock, ein anderer streckte sich, um den Eindruck zu erwecken, er sei ein hochgewachsener Mann, und jener dort warf der Braut unanständige Blicke zu. Nach diesem erkundigte ich mich bei dem Synagogendiener. Er antwortete: »Der da«, und er betonte das »der«, »der war Beamter. Man hat ihn rausgeworfen.« Ich nickte und sagte: »So, so«, als ob ich mit diesem doppelten »so« die ganze Geschichte des Mannes abgehakt hätte. Unterdessen wählte der Synagogendiener vier Männer seiner Gruppe, gab jedem eine Stange in die Hand und spannte darüber den Baldachin aus; dabei stieß er einen von ihnen an, der fiel nach vorne und brachte den Baldachin zu Fall.

Als ich unter dem Baldachin stand, fiel mir die Geschichte eines Mannes ein, der von seiner Geliebten gezwungen wurde, sie zur Frau zu nehmen. Er ging hin und lud alle Liebhaber ein, mit denen sie sich vor der Hochzeit abgegeben hatte; einmal, um sie damit an ihre Schande zu erinnern, aber auch, um sich selbst dafür zu strafen, daß er in eine Heirat mit so einer Frau eingewilligt hatte. Was für ein abscheulicher Mann und was für eine abscheuliche Tat! Mir jedoch gefiel dieser Mann, und was er getan hatte, hieß ich gut. Während der Rabbi noch dastand und den Heiratskontrakt vorlas, beobachtete ich die Hochzeitsgäste und malte mir aus, wie jener Frau und ihren Liebhabern in diesem Moment zumute gewesen war. Auch vorher schon, als meine Frau ihren Finger ausstreckte, um den Ehering zu empfangen, und ich zu ihr sprach: »Ja, heilig bist du mir angetraut«, wußte ich von selbst, was jener Mann in diesem Moment empfunden hatte.

6

Nach der Hochzeit fuhren wir in ein kleines Dorf, wo wir unsere Flitterwochen verbrachten. Ich werde Dir nicht alles, was uns unterwegs, auf dem Bahnhof und im Zug widerfuhr, erzählen, noch werde ich mich über jeden Berg oder Hügel, den wir gesehen haben, oder über die Flüsse und die Quellen, die in einer Felskluft, auf einem Berg entspringen, auslassen, wie es Erzähler zu tun pflegen, wenn ihre Geschichte die Reise frisch Verheirateter behandelt. Es ist keine Frage, daß es auch dort Berge und Hügel, Quellen und Flüsse gab; und natürlich sind uns einige Dinge auf der Reise passiert. Aber all diese Dinge sind meinem Gedächtnis entschwunden, vergessen, wegen jenes Ereignisses in unserer ersten Nacht. Wenn Du noch nicht müde bist, will ich es Dir erzählen.

Wir kamen im Dorf an und betraten ein kleines Hotel, das zwischen Gärten lag, umgeben von Bergen und Flüssen. Wir aßen zu Abend und stiegen in unser Zimmer hinauf, das der Hotelbesitzer, dem ich schon vor unserer Hochzeit telegraphiert hatte, für uns bestimmt hatte. Meine Frau inspizierte das Zimmer; ihr Blick ruhte auf den roten Rosen, die dort standen. »Wer wohl so nett war, uns diese schönen Rosen zu schicken?« scherzte ich. »Wer?« fragte meine Frau erstaunt, als meinte sie, daß es hier außer dem Hotelpersonal noch einen Menschen geben müsse, der über uns Bescheid wüßte. »Auf jeden Fall werde ich sie wegstellen«, sagte ich, »denn ihr Geruch würde unseren Schlaf stören. Oder sollen wir sie zur Feier des Tages hierlassen?« »Ja, ja«, antwortete meine Frau hinter mir, und ihre Stimme klang wie die eines Menschen, der nicht hört, was er spricht. Ich fragte sie: »Willst du nicht an ihnen riechen?« »Doch, ja,

das möchte ich«, antwortete meine Frau. Sie vergaß, an ihnen zu riechen. Diese Vergeßlichkeit paßte nicht recht zu
Dina, da sie sich viel aus Blumen machte. Ich erinnerte sie
daran, daß sie noch immer nicht an ihnen gerochen hätte.
Sie beugte sich zu den Blumen hinunter. »Warum bückst du
dich?« fragte ich, »du kannst sie doch zu dir hochheben.«
Sie blickte mich an, als hätte sie etwas völlig Neues gehört.
Jene schwarz-blaue Färbung ihrer Augen verdunkelte sich,
und sie sagte vorwurfsvoll: »Dir entgeht wohl gar nichts,
mein Lieber.« Ich küßte sie lange, schloß die Augen und
sagte: »Jetzt, Dina, sind wir wirklich allein.«

Sehr sachte begann sie, sich zu entkleiden und ihr Haar zu
ordnen. Während sie damit beschäftigt war, saß sie und be-
schränkte ihre Blicke auf den Tisch. Ich beugte mich hinunter um herauszufinden, was sie tat, und womit sie sich so
lange aufhielt. Ich sah, daß sie in so einem kleinen Heftchen
las, wie man sie in den katholischen Dörfern findet. Der Titel lautete: »Erwartet das Kommen eures Herrn zu jeder
Stunde.«

Ich faßte sie am Kinn und sagte zu ihr: »Dein Herr ist
schon gekommen, du brauchst nicht mehr zu warten.«
Mein Mund berührte ihren Mund. Betrübt blickte sie auf
und legte die Broschüre beiseite. Ich nahm sie in meine
Arme, brachte sie ins Bett und drehte den Docht der Lampe
herunter.

Die Blumen dufteten, und eine süße Stille umgab mich.
Plötzlich waren in dem Zimmer nebenan Schritte zu hören.
Ich verdrängte das Geräusch, achtete gar nicht mehr darauf – denn was kümmert es mich, ob dort jemand ist oder
nicht. Ich kenne ihn nicht und er kennt uns nicht. Selbst
wenn er uns kennen würde: Wir haben ja Hochzeit gehalten
und sind verheiratet, wie es sich gehört. Ich umarmte meine

Frau so liebevoll, wie ich konnte, und war überglücklich mit ihr. Ich wußte, daß sie ganz und gar mir gehörte.

Während sie noch in meinen Armen lag, spitzte ich die Ohren um herauszufinden, ob die Schritte dieses Menschen noch zu hören waren. Und ich hörte, wie er ging und damit nicht aufhörte. Seine Schritte machten mich wahnsinnig. Ich kam auf den Gedanken, daß es jener Beamte wäre, den meine Frau vor der Hochzeit gekannt hatte. Ich war erschüttert, biß mir auf die Lippen, damit mir kein gemeines Wort entführe. Meine Frau bemerkte das und fragte:

»Was hast du, mein Liebling?«

»Nichts, nichts.«

»Aber ich sehe, daß dich etwas bedrückt.«

»Nein, ich sagte es doch schon.«

»Dann habe ich mich geirrt.«

Ich verlor den Kopf und sagte: »Du hast dich nicht geirrt.«

»Und was ist es?«

Ich sagte es ihr.

Sie schluchzte und brach in Tränen aus.

»Warum weinst du?« fragte ich.

Sie schluckte ihre Tränen hinunter und sagte: »Mach doch Tür und Fenster auf, schrei es in die Welt hinaus, daß ich verdorben bin!«

Ich schämte mich meiner Worte und besänftigte sie. Sie ließ sich beruhigen und schloß Frieden mit mir.

7

Von da an war mir jener Mensch immer gegenwärtig, egal, ob meine Frau anwesend war oder nicht. Saß ich für mich allein, dann dachte ich an ihn, sprach ich mit meiner Frau, so kam er mir in den Sinn; sobald ich eine Blume sah, fielen mir rote Rosen ein, und wenn ich eine rote Rose sah, wurde ich an ihn erinnert – vielleicht war es ja so eine, wie er sie meiner Frau zu schenken pflegte, weshalb sie in unserer ersten Nacht auch nicht an den Rosen gerochen hatte: Sie schämte sich ganz einfach, vor ihrem Mann an solchen Rosen zu riechen, wie sie ihr ihr Liebhaber mitgebracht hatte. Wenn sie in Tränen ausbrach, beruhigte ich sie. Aber während des Kusses, den ich ihr zum Trost gab, hörte ich das Echo eines anderen Kusses, den jemand anders ihr gab. Aufgeklärte, moderne Menschen sind wir, und wir wollen Freiheit, für uns selbst und für die ganze Menschheit, doch in Wahrheit sind wir schlimmer als eingefleischte Konservative.

So ging das erste Jahr vorüber. Glücklich wollte ich mit meiner Frau sein; er aber verdarb mein Glück, und ich wurde traurig. Wenn sie glücklich war, dachte ich: »Warum ist sie glücklich? Sie denkt an diesen Schurken, das macht sie glücklich!« Sobald ich ihn in ihrer Anwesenheit erwähnte, schluchzte sie und brach in Tränen aus. Ich fragte sie: »Warum weinst du? Fällt es dir so schwer anzuhören, wenn ich diesen Schurken beschimpfe?« Ich wußte wohl, daß sie ihn schon aus ihrem Herzen verdrängt hatte und keinen Gedanken mehr an ihn verschwendete; wenn sie noch eine Erinnerung an ihn hatte, dann nur an seine Schlechtigkeit, sie hatte ihn ja nie wirklich geliebt. Allein seine bodenlose Frechheit hatte zusammen mit ihrer zeitweiligen Leichtfertigkeit dazu geführt, daß sie die Beherrschung verloren und ihm nachgegeben hatte. Ich konnte diese Affäre zwar nachvollziehen, fand aber darin keine Erleichterung. Seinen Charakter suchte ich zu begreifen, was er an sich hatte, daß ein junges, sittsames und wohlerzogenes Mädchen sich von ihm verführen ließ. In der Hoffnung, irgendein Stück Brief von ihm zu finden, begann ich, Dinas Bücher zu durchstöbern, denn sie pflegte ihre Briefe als Lesezeichen zu benutzen. Doch ich fand nichts. Ich sagte mir, daß sie ihre Briefe vielleicht an einem geheimen Ort versteckt, weil ich alle Bücher durchwühlt und nichts gefunden hatte. Ich brachte es nicht über mich, ihre persönlichen Sachen zu durchsuchen und wurde noch wütender, weil ich so tat, als verhielte ich mich anständig, aber dabei schmutzige Gedanken hatte. Mit keinem Menschen habe ich darüber gesprochen, was sie früher getan hatte, also suchte ich Rat in Büchern und begann, Liebesgeschichten zu lesen, um Aufschluß über die Natur der Frauen und ihrer Liebhaber zu gewinnen. Aber weil mich die Romane langweilten, wandte ich mich der Lektüre von Kriminalberichten zu. Meine Freunde bemerkten das und spotteten: »Du willst wohl zur Geheimpolizei!« Das zweite Jahr brachte weder Erleichterung noch Linderung. Ging ein Tag vorüber, an dem ich ihn nicht erwähnt hatte, dann redete ich am folgenden doppelt so viel über ihn. Über dieser ganzen Trübsal, in die ich meine Frau hineinzog, wurde sie krank. Ich versorgte sie mit Medikamenten, doch ich schnürte ihr Herz mit Worten zu. Ich sagte ihr: »Alle deine Krankheiten hat dieser Mensch verursacht, der dein Leben ruiniert hat. Jetzt verdirbt er andere Frauen, und ich muß mich um eine kränkliche Frau kümmern, die er mir hinterlassen hat.« Tausendfach bereute ich jedes einzelne meiner Worte, doch tausendmal wiederholte ich sie.

In jener Zeit begann ich, mit meiner Frau einige ihrer Verwandten zu besuchen. Dabei ereignete sich etwas Merkwürdiges, das ich Dir erzählen muß. Ich habe schon erwähnt, daß Dina aus gutem Hause ist, und daß ihre Familie einen guten Namen hat. Ich fand Gefallen an ihnen und an ihren Häusern und war meiner Frau um ihrer Verwandten willen wohlgesonnen. Allesamt waren sie Enkel von Leuten, die, den Ghettos entkommen, zu Reichtum und Ehre gelangt waren. Ihr Reichtum schmückte ihre Ehre, und ihre Ehre war der Schmuck ihres Reichtums. Sogar während des Krieges, als hohe Politiker aus dem Hunger der Menschen Kapital schlugen, waren sie weit davon entfernt, sich zu bereichern und sich zusätzliche Lebensmittel auf Kosten anderer Leute Unglück zu verschaffen, vielmehr begnügten sie sich mit der allgemein üblichen Ration. Unter ihnen gab es Honoratioren, wie wir sie uns zwar immer in der Phantasie vorgestellt, sie aber niemals wirklich zu Gesicht bekommen haben. Und die Frauen erst: Du kennst Wien nicht, doch wenn Du es kennst, dann ist Dir die Sorte jüdischer Frauen, die von den »Gojim« durchgehechelt werden, sicher ein Begriff. Könnten sie nur jene Frauen sehen, die ich gesehen habe, sie würden sich selbst den Mund stopfen! Nicht, daß es mich kümmerte, was die Völker der Welt über uns sagen, denn es ist aussichtslos, daß wir ihnen jemals gefallen werden, aber da ich ihren Spott erwähnte, sprach ich auch von ihrem Lob, denn das höchste Lob ist für einen Bruder das Lob seiner Schwestern, ihretwegen fühlt er sich hoch und erhaben.

Nach kurzer Zeit hatte ich mit den Verwandten meiner Frau Umgang, ohne daß ich sie selbst mit ihrer Familie in Verbindung gebracht hätte, als ob ich deren Verwandter wäre und nicht sie. »Wenn sie wüßten, welchen Kummer ich ihr bereite«, dachte ich. Schon war ich soweit, daß ich den Mund auftun und ihnen mein Herz ausschütten wollte. Sobald ich bemerkte, daß mich mein Gewissen dazu trieb, hielt ich mich von ihnen fern, und naturgemäß hielten sie sich auch von mir fern. Die Stadt ist groß, und die Menschen haben zu tun. Wer sich vor seinen Freunden versteckt, den umwerben sie nicht.

Im dritten Jahr gewöhnte sich meine Frau eine andere Manier an. Wenn ich auf ihn zu sprechen kam, achtete sie überhaupt nicht darauf, und wenn ich seinen Namen mit ihrem Namen in Zusammenhang brachte, schwieg sie nur und erwiderte nichts, als ob ich nicht mit ihr spräche. Wutentbrannt sagte ich mir: »Was für eine elende Frau, alles läßt sie kalt!«

8

An einem Sommertag saßen wir beim Abendessen, ich und sie, und es dämmerte. Es hatte schon tagelang nicht mehr geregnet, und die Stadt brütete in der Hitze. Das Wasser der Donau färbte sich grün, ein dumpfer Geruch entströmte der Stadt. Die Fenster unseres Wintergartens strahlten eine drückende Hitze aus, die Leib und Seele angriff. Schon seit dem vorigen Tag machte ich mir um meine Schultern Sorgen, und nun war der Schmerz noch größer geworden. Mein Kopf war schwer und mein Haar trocken. Ich fuhr mit der Hand über den Kopf und dachte, daß ich mir die Haare schneiden lassen müßte. Ich blickte zu meiner Frau hinüber und mir fiel auf, daß sie ihre Haare wachsen ließ. Seit es bei Frauen Mode geworden war, einen Kurzhaarschnitt wie die Männer zu tragen, hatte sie sich immer die Haare geschnitten. Ich sagte mir: »Meinem Kopf werden schon die wenigen Haare zuviel, und die da läßt ihr Haar wachsen wie ein Pfau, ohne von mir wissen zu wollen, ob es ihr auch steht.« Tatsächlich sah ihr Haar wunderbar aus. Aber mir war überhaupt nicht wunderbar zumute. Ich stieß meinen Stuhl vom Tisch weg, als ob er gegen meinen Magen drückte, riß einen Brocken mitten aus dem Brotlaib und zerkaute ihn. Es war schon einige Tage her, seit ich ihn ihr in Erinnerung gebracht hatte; ich brauche wohl kaum hinzufügen, daß sie mir gegenüber nicht von ihm gesprochen hatte. In dieser Zeit wechselte ich wenig Worte mit meiner Frau, und wenn ich mit ihr redete, so tat ich es ohne Groll.

Plötzlich sagte ich zu ihr: »Ich habe über etwas nachgedacht.«

Sie nickte und sagte: »Ja, ich weiß, ich bin auf dasselbe gekommen.« »Dann kennst du die verborgensten Winkel meines Herzens. Wenn das stimmt, dann sag mir, was es ist.«

Sie flüsterte: »Scheidung.«

Während sie das sagte, hob sie den Kopf und sah mich traurig an. Es zerriß mir das Herz, und ich fühlte mich schwach. Ich sagte mir: »Was bist du für ein elender Mann, daß du deine Frau so behandelst und Leid über sie bringst.« Ich fragte sie mit gedämpfter Stimme: »Woher weißt du, was ich auf dem Herzen habe?«

Sie sagte: »Was mache ich denn den ganzen Tag lang? Ich sitze da und denke über dich nach, mein Liebling.«

»Dann stimmst du also zu?« entfuhr es mir.

Sie hob den Blick, sah mich an und sagte: »Du meinst der Scheidung?«

Ich schlug die Augen nieder und nickte bejahend.

»Ob ich will oder nicht«, sagte sie, »ich werde auf alles eingehen, was du willst, wenn es nur deinen Schmerz lindert.«

»Sogar auf eine Scheidung?«

»Sogar auf eine Scheidung.«

Ich war mir klar darüber, was ich verlieren würde. Aber die Tatsache, daß es nun zur Sprache gekommen war, und der Wunsch, daß sich mein ganzer Zorn gegen mich selbst richten möge, brachten mich um den Verstand. Ich preßte beide Hände zusammen und sagte voller Ärger: »Gut, schön!«

Einige Tage gingen vorüber, ohne daß ich auf die Scheidung oder auf ihn, der unser Leben ruiniert hatte, zurückgekommen wäre. Ich sagte mir, daß seit dem Tag unserer Hochzeit drei Jahre vergangen wären, vielleicht wäre es an der Zeit, diese Geschichte aus dem Gedächtnis zu streichen. Wenn ich eine Witwe oder eine geschiedene Frau geheiratet hätte, was hätte ich gegen sie haben können; soll es doch so sein, als hätte ich eine Witwe oder Geschiedene zur Frau genommmen.

Nachdem ich zu dieser Überzeugung gelangt war, machte ich mir Vorwürfe für jeden einzelnen Tag, an dem ich ihr Kummer bereitet hatte, und nahm mir vor, gut zu meiner Frau zu sein. In jenen Tagen war ich ein neuer Mensch, und ich fühlte in mir das Erwachen der Liebe wie an dem Tag, als ich sie kennengelernt hatte. Ich war schon ganz der Meinung, daß alles nach Wunsch und Willen des Menschen geht: egal, ob er auf Wut, Feindschaft und Eifersucht aus ist, oder ob er mit allen in Frieden leben will. Warum also sollte man sich in Rage bringen und sich selbst Böses antun? Können wir uns etwa nicht bessern und glücklich sein? So dachte ich, bis durch einen Vorfall wieder alles beim alten war.

9

Was war geschehen? Eines Tages wurde ein Kranker ins Hospital gebracht. Ich untersuchte ihn und ließ ihn bei den Krankenschwestern, die ihn wuschen und ins Bett brachten. Abends machte ich meine Krankenbesuche und kam zu seinem Bett, sah auf der Tafel am Kopfende seinen Namen und wußte, wer er war.

Was konnte ich machen? Ich bin Arzt; ich versorgte ihn. Man kann sogar sagen, daß ich mich mehr als nötig mit ihm abgab. Das ging so weit, daß alle Patienten auf ihn neidisch wurden, und ihn das Hätschelkind des Doktors nannten. Er verdiente diesen Namen in der Tat, denn ich kümmerte mich ständig um ihn, egal, ob er mich brauchte oder nicht. Den Schwestern sagte ich, daß ich eine noch kaum ausreichend erforschte Krankheit an ihm festgestellt hätte, und daß ich sie untersuchen wollte. Ich trug ihnen auf, ihn gut zu beköstigen. Manchmal erlaubte ich ihm noch ein Glas Wein dazu, damit er den Aufenthalt im Krankenhaus als angenehm empfände. Ich bat die Schwestern noch, ihm gewisse Freiheiten nachzusehen und es mit den Vorschriften des Krankenhauses nicht allzu genau zu nehmen.

So lag er im Krankenhaus: er aß, trank, wurde verwöhnt und ließ es sich gutgehen. Und ich kam immer wieder zu ihm, um ihn zu untersuchen und zu fragen, ob er gut geschlafen hätte und genug zu essen bekäme. Medikamente verschrieb ich ihm, pries seine starke Natur und sagte zu ihm, daß er mit so einem Körper wohl ein hohes Alter erreichen würde. Vergnügt hörte er mir zu und wand sich behaglich wie ein Wurm vor mir. Ich sagte zu ihm: »Wenn du gerne rauchst, dann darfst du rauchen. Ich selbst rauche nicht. Wenn du wissen willst, ob ich das Rauchen gutheiße, dann kann ich nur sagen, daß es schlecht ist und den Körper schädigt. Aber wenn du gewohnt bist zu rauchen, werde ich dich nicht davon abhalten.« Ich gewährte ihm einige besondere Vergünstigungen, damit es ihm nur ja gutgehen würde. Wohl dachte ich darüber nach, daß ich über so einen Mann, dem ich jetzt meine ganze Fürsorge zuteil werden ließ, eigentlich kaum ein Wort verlieren würde, und all das wegen dieser Sache, die schwer zu erwähnen und schwer zu vergessen ist. Darüber hinaus beobachtete, studierte ich ihn, um vielleicht zu erfahren, was er von Dina übernommen, und was sich Dina von ihm angewöhnt haben könnte. In der Zeit, da ich ihn als Objekt meines Studiums betrachtete, hatte ich einige meiner Gesten den seinen angeglichen.

Zuerst hielt ich die ganze Geschichte vor meiner Frau geheim. Doch als sie aus mir hervorbrach, kamen mir die Worte wie von selbst über die Lippen. Meine Frau hörte zu und zeigte nicht das geringste Interesse. Das hätte mir an sich recht sein sollen, es war mir aber nicht recht, und ich wäre auch unzufrieden gewesen, wenn sie sich anders verhalten hätte.

Nach einigen Tagen war er geheilt und gesund: Es war an der Zeit, ihn aus dem Krankenhaus zu entlassen. Ich hielt ihn noch einen Tag zurück und einen weiteren. Immer wieder wies ich die Schwestern an, ihn zuvorkommend zu behandeln, damit er nicht entlassen werden wollte. Und das war kurze Zeit nach dem Krieg, als es schwer war, Essen für die Kranken zu bekommen, um wieviel mehr noch für die Genesenden, ganz zu schweigen von den Gesunden; also gab ich ihm etwas von meinem Essen ab, davon, was mir die Bauern brachten. Er saß im Krankenhaus, aß, trank und ließ es sich gutgehen, las die Zeitungen, ging im Garten spazieren, spielte mit den Patienten und scherzte mit den

Schwestern. Er setzte Fett an und war gesünder als alle, die ihn pflegten. Es war unmöglich, ihn noch länger im Krankenhaus zu behalten. Ich ordnete an, daß man ihm eine schmackhafte letzte Mahlzeit geben solle und entließ ihn.

Nachdem er gegessen hatte, kam er zu mir, um sich zu verabschieden. Ich blickte auf das Doppelkinn in seinem fetten Gesicht, in dem die Augen eingesunken waren wie bei einer Frau, der nur noch Essen und Trinken wichtig ist. Ich stand vor meinem Schreibtisch und durchwühlte die Papiere, als ob ich irgend etwas suchte, das ich verloren hatte. Dann nahm ich ein kleines Reagenzgläschen in die Hand, um es zu untersuchen. Während ich so tat, als ob ich beschäftigt wäre, kamen zwei Krankenschwestern herein, die eine, um mich etwas zu fragen, die andere, um sich von dem Lieblingspatienten des Doktors zu verabschieden. Mit einem Ruck drehte ich den Kopf herum, als wäre mir plötzlich eingefallen, daß man auf mich wartete, und gab einen Ausruf des Erstaunens von mir, wie es Dina zu tun pflegte, wenn sie bemerkte, daß man auf sie wartete. Unterdessen sah ich mir diesen gesunden Patienten an, unter dessen Kinn das Doppelkinn wabberte, und sagte mir: »Du hast keine Ahnung, wer ich bin, aber ich weiß, wer du bist. Du bist derjenige, der mein Leben ruiniert und das meiner Frau zerstört hat.« Wut überkam mich, und ich wurde so zornig, daß mir die Augen weh taten.

Er streckte mir ganz unterwürfig die Hand entgegen und begann, Dankesworte zu stammeln, daß ich ihn vor dem Tod gerettet und ins Leben zurückgeholt hätte. Ich ließ ihn auf respektlose, beschämende Weise meine Fingerspitzen schütteln, und wischte sie sofort an meinem Kittel ab, als hätte ich totes Gewürm berührt. Angewidert wandte ich mich von ihm ab und ging weg. Ich fühlte den Blick der

Krankenschwestern, die mein Benehmen durchschauten. Gleichwohl gab es keinen Anlaß zu Befürchtungen.

Bald darauf ging ich wieder an meine Arbeit, aber ich war nicht mit Verstand und Herz dabei. Ich ging zum Büro der Ärzte hinauf und suchte mir einen Kollegen, der für mich einspränge. Ich teilte ihm mit, daß ich beim Gericht als Zeuge in einem Kriminalverfahren vorgeladen wäre und daß die Sache keinen Aufschub dulde. Eine Krankenschwester kam und fragte mich, ob sie mir ein Taxi rufen solle. »Sicher, Schwester, sicher«, antwortete ich. Während sie noch die Telefonzentrale aufsuchte, rannte ich wie von Sinnen aus dem Hospital.

Unterwegs kam ich an einer Kneipe vorbei, und ich hatte den Wunsch hineinzugehen, zu trinken und meine Sorgen zu ertränken, wie verbitterte Menschen zu sagen pflegen. Nachdem ich mich ein bißchen beruhigt hatte, sagte ich mir: »Sorgen kommen und gehen, auch mein Kummer wird vorübergehen.« Ich hatte mich zwar beruhigt, aber nur um mich kurz darauf wieder ganz verrückt zu machen. Ich begann umherzugehen. Nach ein, zwei Stunden hielt ich an und bemerkte, daß ich mich um mich selbst gedreht und im Kreis gegangen war.

10

Zuhause berichtete ich meiner Frau. Sie hörte zu und sagte nichts. Ich wurde wütend, als sie so dasaß und schwieg, als ob das alles völlig belanglos wäre. Ich neigte den Kopf zur Brust, so wie er es tat, als er vor mir gestanden hatte, um mir gesenkten Hauptes zu danken, und sagte, seinen Tonfall imitierend: »Ich danke Ihnen, Herr Doktor, daß sie mich vom Tode gerettet und ins Leben zurückgeholt haben.« Ich sagte zu meiner Frau: »So spricht er, und so steht er da«, um ihr zu zeigen, wie niedrig und verächtlich jener war, dem sie den Vorzug vor mir gegeben und ihre Liebe geschenkt hatte, bevor sie mich kennengelernt hatte. Meine Frau schaute mich an, als ob die ganze Sache es nicht wert wäre, sich mit ihr zu befassen. Ich erhob mich und suchte auf ihrem Gesicht irgendeinen Ausdruck, der vielleicht Freude über die Genesung dieses Nichtsnutzes verraten hätte, doch ich fand darin genausowenig ein Zeichen von Freude, wie ich vorher irgendein Zeichen von Sorge gesehen hätte, als ich ihr von seiner Krankheit erzählt hatte. Nach zwei, drei Tagen hatte die Sache ihren Stachel verloren und schmerzte mich nicht mehr. Ich behandelte die Patienten, sprach ausführlich mit den Schwestern und machte mich sofort nach der Arbeit auf den Weg nach Hause zu meiner Frau. Zuweilen bat ich sie, mir aus einem ihrer Bücher vorzulesen, und sie willigte ein und las mir vor, während ich saß und sie anschaute. Dabei dachte ich: »Dieses Gesicht vermag jeden, der es ansieht, zu besänftigen und ihm die Stirnfalten zu glätten.« Ich strich mir gemächlich übers Gesicht und fuhr fort, sie zu betrachten. Manchmal luden wir einen Freund auf eine Tasse Kaffee oder zum Abendessen ein. Wir führten wieder Gespräche über alles, worüber sich Leute unterhalten, und mir wurde wieder bewußt, daß es noch andere Dinge in der Welt gab als Kummer über Frauen. Oft ging ich mit einem Gefühl der Zufriedenheit und Behaglichkeit zu Bett.

Eines Nachts erschien mir jener Mann im Traum. Sein Gesicht sah kränklich aus und ein bißchen, ein ganz klein bißchen – sympathisch. Ich schämte mich vor ihm, weil ich schlecht von ihm gedacht hatte und nahm mir vor, mich nicht mehr über ihn zu ärgern. Er verbeugte sich und sagte: »Was wollen Sie von mir? Wollen Sie mir Böses, weil sie mich zu dieser Verbindung gezwungen hat?«

In der darauffolgenden Nacht aßen zwei unserer Bekannten an unserem Tisch zu Abend, eine Frau und ihr Mann, die wir beide sehr gern hatten. Ihn wegen seiner guten Eigenschaften und sie wegen ihrer strahlend blauen Augen, wegen ihrer hohen Stirn, die irrtümlicherweise den Anschein großer Intelligenz erweckte, wegen ihrer goldenen Locken, die auf ihrem Kopf zitterten, und wegen ihrer Stimme, der Stimme einer Frau, die die Kontrolle über ihre Sehnsüchte behält. Etwa zwei, drei Stunden lang saßen wir beisammen, ohne zu bemerken, wie die Zeit verging. Er sprach über den Tag, sie unterstützte ihn mit dem Strahlen ihrer Augen. Nachdem sie gegangen waren, sagte ich zu meiner Frau: »Ich will dir einen Traum erzählen.«

»Einen Traum?« rief meine Frau erstaunt aus, sah mich traurig an und sagte noch einmal, flüsternd: »Einen Traum.« Es war nämlich keineswegs meine Art, Träume zu erzählen. Ich hatte auch, wie mir scheint, in all den Jahren keinen einzigen Traum gehabt.

Ich sagte zu ihr: »Ich habe geträumt.« Als ich das sagte, wurde mir plötzlich bang ums Herz. Meine Frau setzte sich und sah mir geradewegs ins Gesicht. Und ich erzählte ihr meinen Traum. Ihre Schultern bebten, ihr ganzer Körper begann zu zittern. Ganz unvermittelt breitete sie ihre Arme aus, umschlang meinen Hals, und ich erwiderte ihre Umarmung. Wir standen einfach da und hielten uns liebevoll, zärtlich und voll gegenseitigen Bedauerns fest. Doch während der ganzen Zeit war mir jener Mann ständig vor Augen, und ich hörte ihn sagen: »Wollen Sie mir Böses, weil sie mich zu dieser Verbindung gezwungen hat?«

Ich löste die Arme meiner Frau von meinem Hals, und eine unsägliche Traurigkeit stieg in mir auf. Ich ging zu Bett und dachte ruhig und gelassen über alles nach, bis ich ins Dösen kam und einschlief.

Am folgenden Tag standen wir auf und frühstückten gemeinsam. Ich blickte meine Frau an und stellte fest, daß ihr Gesicht dasselbe war wie gestern, wie vorgestern. Tief in meinem Innern dankte ich ihr dafür, daß sie wegen gestern Abend keinen Groll gegen mich hegte. In diesem Moment erinnerte ich mich an all den Kummer und die Leiden, die ich ihr seit unserer Heirat zugefügt hatte. Ständig hatte ich sie zum Weinen gebracht, kein Augenblick war vergangen, da ich sie nicht verletzt, nicht beleidigt hätte, und sie hatte alles schweigend ertragen. Mein Herz strömte über von Liebe und Zartheit für diese bemitleidenswerte Seele, die ich so sehr gequält hatte. Ich war entschlossen, ihr nicht mehr zuzusetzen und sie gut zu behandeln. Und ich richtete mich auch danach; ein, zwei Tage lang, drei Tage lang.

11

Schon meinte ich, daß sich alles zum Guten gewandt hätte. Tatsächlich war aber überhaupt nichts in Ordnung. Seit dem Tag, da ich mit mir selbst ins Reine gekommen war, wurde der Friede durch etwas anderes gestört. Meine Frau behandelte mich, als ob ich ein Fremder für sie geworden wäre. Waren denn nicht alle Bemühungen, die ich ihretwegen unternahm, zu ihrem Besten? Wie wenig bemerkt diese Frau das! Doch sie bemerkte es.

Eines Tages sagte sie zu mir: »Wie gut wäre es, wenn ich tot wäre.«

»Warum?«

»Warum, fragst du.« Und in den Falten um ihre Lippen deutete sich etwas wie ein Lächeln an, das mir das Herz stillstehen ließ.

»Sei keine Närrin!« schalt ich sie.

Sie seufzte und sagte: »Ach, mein Lieber, ich bin keine Närrin.«

Ich erwiderte: »Also bin ich ein Narr.«

»Du bist genausowenig ein Narr.«

Ich fragte mit erhobener Stimme: »Was willst du dann von mir?«

Sie antwortete: »Was ich will? Ich will dasselbe wie du.«

Ich rieb meine Handflächen aneinander und sagte: »Ich will überhaupt nichts.«

Sie schaute mir genau ins Gesicht und meinte: »Du willst überhaupt nichts. Dann ist ja alles in Ordnung.«

»In Ordnung?« Ich lachte höhnisch.

Sie sagte: »Siehst du, mein Lieber, dieses Lachen gefällt mir nicht.«

»Was soll ich also tun?«

»Tu, was du tun willst.«

»Nämlich?«

»Nämlich – wozu soll ich etwas wiederholen, das dir bekannt ist?«

»Ich weiß nicht, was dieses etwas ist. Aber da du es weißt, sag' es mir.«

Sie flüsterte: »Scheidung.«

Ich sagte laut: »Du willst mich zwingen, dir den Scheidebrief zu geben.« Sie nickte und erwiderte: »Wenn du meinst, daß es gut für dich ist, die Sache so darzustellen, daß ich die Scheidung von dir erzwingen will, ja, dann stimme ich zu.«

Ich fragte: »Das heißt?«

Sie antwortete: »Warum müssen wir die Dinge unnötigerweise wiederholen? Laß uns tun, was im Himmel über uns beschlossen ist.«

Voller Ärger machte ich mich über sie lustig: »Selbst der Himmel ist dir offenbar, und du weißt, was dort geschrieben steht. Ich bin Arzt, mir ist nur das zugänglich, was ich sehe. Doch du, meine Dame, weißt, was oben verzeichnet ist. Wer hat dich diese Weisheit gelehrt? Vielleicht jener Schurke?«

»Sei still«, sagte Dina, »ich bitte dich, sei still!«

Ich erwiderte: »Was regst du dich so auf, was hab' ich schon gesagt?« Sie erhob sich, suchte ein anderes Zimmer auf und schloß die Tür vor mir ab.

Ich ging zur Tür und bat sie aufzuschließen, doch sie machte nicht auf. Ich sagte zu ihr: »Schau, ich gehe weg, du hast das ganze Haus für dich und mußt nicht abschließen.« Da sie keine Antwort gab, begann ich zu fürchten, daß sie womöglich Schlaftabletten genommen und, Gott behüte, Selbstmord verübt haben könnte. Ich fing an, mit Bitten und Flehen in sie zu dringen, daß sie mir öffnete, doch sie machte nicht auf. Ich spähte durchs Schlüsselloch, und mein Herz schlug heftig, wie das eines Mörders. So blieb ich vor der verschlossenen Tür stehen, bis der Tag sich neigte, und die Wände finster wurden.

Als es dunkelte, kam sie aus ihrem Zimmer, bleich wie eine Tote. Ich faßte sie an ihren Händen; eine Todeskälte ging von ihnen aus und ließ meine Hände vor Kälte erstarren. Sie entzog mir ihre Hände nicht, als ob kein Gefühl mehr in ihnen wäre.

Ich legte sie auf ihr Bett, gab ihr Beruhigungsmittel und wich keinen Schritt von ihr, bevor sie eingeschlafen war. Ich blickte ihr ins Gesicht, das so makellos war, ohne den geringsten Fehler, und ich sagte mir: »Wie wundervoll ist eine

Welt, in der es so eine Frau gibt, und wie schwer fällt uns unser Leben.« Ich beugte mich hinunter, um sie zu küssen. Ablehnend drehte sie den Kopf zur Seite. Ich fragte sie: »Hast du etwas gesagt?« Sie antwortete: »Nein.« Ich wußte nicht, ob sie mich wahrnahm, oder ob sie im Schlaf gesprochen hatte. Bedrückt ließ ich von ihr ab. Aber ich saß die ganze Nacht lang dort.

Am nächsten Morgen ging ich zur Arbeit und kehrte am frühen Nachmittag zurück. Ich weiß nicht, ob es klug war oder nicht, jedenfalls erwähnte ich den gestrigen Vorfall nicht. Auch sie erwähnte ihn nicht. Genauso war es am nächsten und am darauffolgenden Tag. Ich dachte schon, daß alles wieder wie früher werden würde. Dennoch wußte ich, daß sie, selbst wenn ich vergessen wollte, nicht vergessen würde.

Während dieser Zeit nahm ihr Gesicht eigenwillige Züge an, und sie veränderte ein wenig ihre Gewohnheiten: Sie pflegte mir nicht mehr wie früher bei meinem Eintreten entgegenzukommen. Manchmal ließ sie mich einfach sitzen und ging ihrer Wege, und manchmal kam ich nach Hause, und sie war nicht da.

In jenen Tagen jährte sich der Tag unserer Verlobung. Ich sagte zu ihr: »Laß uns feiern, wir wollen zu dem Ort fahren, zu dem wir unseren ersten Ausflug gemacht haben.« Sie sagte: »Das ist unmöglich.« – »Warum?« »Weil ich woanders hingehen muß.« »Wohin, mit Verlaub«, fragte ich, »mußt du gehen?« Sie antwortete: »Ich habe eine Kranke zu pflegen.« Ich sagte: »Was soll das plötzlich?« Sie antwortete: »Nicht alles, was man macht, tut man plötzlich; schon seit langem habe ich das Gefühl, daß ich etwas tun, daß ich arbeiten müsse.« »Und daß ich etwas tue, arbeite«, sagte ich, »genügt dir das nicht?« »Früher genügte mir das«, erwiderte sie, »doch jetzt genügt es mir nicht mehr.« – »Warum?« – »Warum? Wenn du das nicht selbst weißt, kann ich es dir auch nicht erklären.« Ich sagte: »Handelt es sich denn um etwas so Unaussprechliches, daß es dir schwer fällt, es mir zu erklären?« »Es zu erklären«, erwiderte sie, »fällt mir nicht schwer. Aber ich bezweifle, ob du es verstehen willst.« – »Warum?« – »Weil ich selbst für meinen Lebensunterhalt sorgen will.« »Bist du denn in deinem Haus nicht ausreichend versorgt, daß du deinen Lebensunterhalt woanders suchst?« Sie antwortete: »Heute bin ich versorgt, aber wer weiß, was morgen aus mir wird?« »Warum das alles plötzlich?« fragte ich. Sie erwiderte: »Ich habe dir schon gesagt, daß die Dinge nicht plötzlich geschehen.« »Ich begreife nicht, wovon du sprichst«, sagte ich. »Du verstehst sehr wohl«, meinte sie, »aber es paßt dir ganz einfach zu sagen: Ich begreife nicht.« Ich nickte, verzweifelt, und sagte: »So wird es sein.« »So ist es tatsächlich«, entgegnete sie. »Mir ist diese Dialektik fremd«, sagte ich. »Dir ist sie fremd«, erwiderte sie, »mir ist sie genauso fremd und keineswegs vertraut. Darum sollten wir besser schweigen. Du tust, was du zu tun hast, und ich erledige meine Dinge.« »Was ich zu tun habe, weiß ich«, sagte ich, »aber ich habe keine Ahnung, was du machen willst.« Sie antwortete: »Wenn du es jetzt nicht weißt – morgen wirst du es wissen.«

Aber sie hatte keinen Erfolg bei ihren Unternehmungen. Und wenn ihr etwas gelang, konnte sie keinen einzigen Groschen dabei verdienen. Sie pflegte ein gelähmtes Mädchen, die Tochter einer armen Witwe, und erhielt keinen Lohn für ihre Arbeit. Aber nicht nur das, sondern sie unterstützte die Witwe auch noch mit Geld und brachte ihr Blumen. In dieser Zeit schwand Dinas Kraft, als wäre sie krank, und sie hätte selbst jemand gebraucht, der sich um sie gekümmert hätte, statt daß sie andere versorgte. Einmal fragte ich sie: »Wie lange willst du dich noch um diese Kranke kümmern?« Sie blickte mich an und sagte: »Fragst du mich als Arzt?« Ich antwortete ihr: »Was macht es für einen Unterschied, ob als Arzt oder als dein Mann?« »Wenn du mich als Arzt fragst«, sagte sie, »dann weiß ich nicht, was ich antworten soll, fragst du mich aber aus einem anderen Grund, dann sehe ich keine Notwendigkeit für eine Antwort.« Ich tat so, als hätte sie sich einen Scherz mit mir erlaubt, und lachte. Sie wandte sich von mir ab, ließ mich stehen und ging ihrer Wege. Sofort erstarb das Lachen auf meinem Mund; es kam nie wieder.

Ich sagte mir, daß es nur eine Stimmung wäre und ich schon damit zurechtkommen würde, doch ich wußte, daß all meine Hoffnung vergeblich war. Ich rief mir jene Stunde ins Gedächtnis, da ich zum ersten Mal mit ihr über Scheidung gesprochen hatte, und ich erinnerte mich daran, daß sie gesagt hatte: »Ob ich will oder nicht, ich werde auf alles eingehen, was du willst, wenn es nur deinen Schmerz lindert – sogar auf eine Scheidung.« Nun dachte ich, daß es ganz gegen meinen Willen keinen anderen Ausweg gäbe als eine Scheidung. Als mir dieser Gedanke gekommen war, hielt ich ihm noch stand, wie ein Mann, der einer Sache, die ihm schwerfällt, standhält. Aber Dina hatte recht gehabt, als sie gesagt hatte, daß wir tun müßten, was im Himmel über uns beschlossen wäre. Wenige Tage vergingen, und ich sah klar und begriff ganz, was ich zuerst weder gesehen noch begriffen hatte. Ich dachte darüber nach, Dina freizugeben. Wir hatten keine Kinder, da ich befürchtet hatte, daß wir Kinder bekämen, die ihm ähnlich wären. Ich brachte unsere Angelegenheiten in Ordnung und reichte die Scheidung ein.

So gingen wir auseinander, wie man sich nach außen hin eben trennt. In meinem Herzen jedoch, mein Freund, blieb mir das Lächeln auf ihren Lippen und jene schwarz-blaue Färbung ihrer Augen gegenwärtig, wie an dem Tag, als ich sie zum ersten Mal sah. Nachts richte ich mich manchmal auf meinem Bett auf, wie jene Kranken, die sie pflegte, strecke meine Hände aus und rufe: »Schwester, Schwester, komm zu mir!«

DIE DAME UND DER HAUSIERER

Ein jüdischer Hausierer bot seine Ware in Städten und Dörfern feil. Eines Tages kam er zufällig an eine Waldlichtung, abseits bewohnter Ortschaften. Er sah ein alleinstehendes Haus. Er ging darauf zu, baute sich vor der Tür auf und pries seine Ware an. Eine Frau kam heraus und sagte: »Was willst du hier, Jude?« Er verbeugte sich, grüßte und erwiderte: »Vielleicht brauchen sie etwas von den schönen Sachen, die ich habe.« Er setzte den Tragekorb ab, den er auf den Schultern hatte, und bot ihr allerlei Waren an. Sie sagte zu ihm: »Ich brauche weder dich noch deine Waren.« Er antwortete: »Vielleicht werfen Sie trotzdem einen Blick darauf? Hier sind Schleifen, hier sind Ringe, hier sind Kopftücher, hier gibt es Laken, Seife und alle möglichen Parfums, wie sie die vornehmen Frauen benutzen.« Sie schaute sich eine Weile seine Schätze an, dann wandte sie die Augen von ihm ab und sagte: »Hier gibt es nichts. Scher dich weg und verschwinde.« Er verbeugte sich noch einmal vor ihr, holte Sachen aus dem Korb und bot sie ihr an: »Sehen Sie doch, meine Dame, und sagen Sie nicht, daß es hier nichts gäbe. Vielleicht möchten Sie so etwas, oder dieser schöne Gegenstand könnte Ihnen gefallen. Bitte, meine Dame, schauen Sie, werfen Sie einen Blick darauf.« Sie beugte sich über seinen Korb und wühlte hier und dort ein wenig herum. Sie sah ein Jagdmesser. Sie gab ihm sein Geld und kehrte ins Haus zurück. Er schulterte seinen Tragekorb und ging fort.

Inzwischen war die Sonne schon untergegangen, und er fand den Weg nicht mehr. Eine Stunde lang und noch eine ging er weiter. Er wanderte zwischen Bäumen, ließ die Bäume hinter sich, und kam wieder unter Bäume. Finsternis bedeckte die Erde[1], und der Mond leuchtete nicht am Himmel. Er schaute sich um und begann sich zu fürchten. Er sah ein helles Licht. Er ging dem Licht entgegen und kam zu einem Haus. Er klopfte an die Tür. Die Hausherrin erblickte ihn und rief: »Du bist schon wieder hier? Was willst du, Jude?« Er antwortete: »Seit ich von hier weggegangen bin, irre ich in der Finsternis herum, und ich erreiche keinen bewohnten Ort.« Sie erwiderte: »Was willst du also?« »Bitte, meine Dame«, sagte er, »erlaubt mir, hier zu bleiben, bis sich der Mond zeigt, und ich den Weg sehen kann, dann werde ich gehen.« Sie warf ihm einen grimmigen Blick zu und erlaubte ihm, die Nacht in einem alten Kuhstall im Hof zu verbringen. Er legte sich aufs Stroh und schlief ein.

In der Nacht regnete es in Strömen. Als der Hausierer morgens aufstand, stellte er fest, daß sich die ganze Erde in Morast verwandelt hatte. Er wußte, daß die Hausherrin eine harte Frau war. Er sagte zu sich: »Ich werde mich in Gottes Hände begeben und nicht selbstsüchtige Leute um einen Gefallen bitten.« Er setzte seinen Tragekorb auf die Schultern und wollte gehen. Die Hausherrin schaute zu ihm heraus und sagte: »Ich glaube, das Dach hat ein Loch bekommen, kannst du dort etwas reparieren?« Der Hausierer setzte seine Last ab und sagte: »Ich steige sofort hinauf.« Sie gab ihm eine Leiter und er stieg auf das Dach hinauf. Er fand Dachziegel, die der Wind gelöst hatte. Er brachte sie wieder an Ort und Stelle, ohne darauf achtzugeben, daß seine Kleider durchnäßt wurden und das Wasser in seine Schuhe wie in zwei Eimer drang. Er sagte sich: »Was tut es, ob ich hier oben auf dem Dach bin, oder ob ich durch den Wald wandere, hier regnet es und dort regnet es. Wenn ich ihr behilflich bin, wird sie es mir vielleicht vergelten und mir in ihrem Haus Aufenthalt gewähren, bis es aufhört zu regnen.«

Nachdem er die Ziegel in Ordnung gebracht und das Loch im Dach gestopft hatte, stieg er hinunter und sagte zu ihr: »Ich verspreche Ihnen, daß es von jetzt ab nicht mehr ins Haus hineinregnet.« Sie antwortete: »Du bist ein Handwerker. Nenn mir deinen Lohn und ich werde ihn dir geben.« Er legte die Hand aufs Herz und sagte: »Gott behüte, meine Dame, daß ich von Ihnen einen Pfennig annehme. Es ist nicht meine Art, für irgend etwas Lohn zu nehmen, das nicht zu meinem Gewerbe gehört, besonders, da Sie mir einen Gefallen getan und mich in Ihrem Hause haben nächtigen lassen.« Sie blickte ihn argwöhnisch an, da sie meinte, er wolle sich bei ihr lieb Kind machen, damit sie ihm einen hohen Lohn zahle. Schließlich sagte sie: »Setz dich, ich werde dir ein Frühstück zubereiten.« Er begann, seine Kleider auszuwringen und das Wasser aus seinen Schuhen zu schütten. Dann sah er sich um. Die vielen Geweihe, die an den Wänden des Hauses hingen, ließen darauf schließen, daß es sich um ein Forsthaus handelte. Doch vielleicht war es kein Forsthaus, und die Geweihe waren nur zur Zierde aufgehängt worden, wie es die Waldbewohner zu tun pflegen, die ihre Häuser mit Geweihen schmücken.

Während er sich noch umsah, kehrte die Hausherrin zurück und brachte ihm warmes Bier und etwas zu essen. Er trank, aß und trank. Nachdem er gegessen und getrunken hatte, sagte er zu ihr: »Vielleicht gibt es hier noch mehr zu reparieren? Ich bin zu allem bereit, was mir die Herrin aufträgt.« Sie schaute auf das Haus und meinte: »Sieh selbst nach.« Der Hausierer war froh, daß sie ihm die Erlaubnis gab, im Haus zu bleiben, bis der Regen aufhörte. Er machte sich an die Arbeit und reparierte hier etwas und dort etwas, und er verlangte keinen Lohn. Am Abend bereitete sie ihm das Abendessen zu und machte ihm das Bett in einer Kammer, in der alte, unbrauchbar gewordene Geräte abgestellt waren. Der Hausierer dankte der Hausherrin dafür, daß sie ihm so viel Gutes erwies, und schwor, daß er ihre Güte nie vergessen würde.

Am nächsten Morgen fiel neuer Regen. Der Hausierer schaute hinaus, dann sah er der Hausherrin ins Gesicht: wer würde sich seiner wohl zuerst erbarmen? Die Hausherrin saß selbstversunken da und schwieg; die ganze Wohnung strömte große Eintönigkeit aus. Die Geweihe an den Wänden waren in Dunst gehüllt, und ein Geruch wie von lebendem Fleisch ging von ihnen aus. Ob sie sich die Langeweile zu vertreiben wünschte, oder ob sie das Mitleid mit dem jungen Mann überkam, der durch Regen und Morast zu gehen hatte, sei es aus dem einen oder aus dem anderen Grund, die Hausherrin begann mit ihm zu sprechen. Über was sie nicht alles sprach, über den ununterbrochenen Regen, über den Wind, der pausenlos wehte, über die Wege, die unbegehbar wurden, über das Getreide, das vielleicht verfaulte und über ähnliches mehr. Der Hausierer dankte ihr insgeheim für all diese Reden, denn jedes weitere Wort gewährte ihm Aufenthalt in dem Haus, und er mußte nicht bei Regen, Kälte und Sturm auf den Straßen herumwandern. Auch sie war zufrieden, daß es hier eine lebende Seele gab. Sie nahm ihr Strickzeug und sagte zu ihm: »Setz dich.« Er setzte sich vor sie hin und erzählte von Fürsten und Fürstinnen, hohen Herren und Frauen, von allem, was er wußte, und alles, was sie gerne hörte. Nach und nach kamen sie einander näher. Er fragte sie: »Sind Sie allein, meine Dame, haben Sie keinen Ehemann oder einen Ihnen nahestehenden Freund? Sicherlich gibt es hier viele vornehme und ehrenwerte Herren, die die Nähe einer so schönen Dame, wie Sie es sind, suchen.« Sie antwortete: »Ich hatte einen Mann.« Der Hausierer seufzte und sagte: »Und er ist gestorben.« »Nein«, erwiderte sie, »er ist umgebracht worden«. Der Hausierer seufzte wegen ihres Mannes, der umgebracht worden war und fragte: »Wie wurde er umgebracht?« »Wenn es die Polizei nicht weiß«, gab sie zurück, »willst du es wissen? Was kümmert es dich, welchen Tod er starb, ob ihn ein wildes Tier gefressen hat, oder ob er mit einem Messer geschlachtet wurde. Verkaufst du nicht Messer, mit denen man einen Menschen abschlachten kann?«

Da der Hausierer sah, daß die Frau nicht willens war, ihm etwas über ihren Mann zu erzählen, schwieg er. Auch sie verstummte. Nach kurzer Zeit fing der Hausierer wieder an: »Gebe Gott, daß man die Mörder Ihres Mannes finden und mit ihnen abrechnen wird.« Sie sagte: »Man wird sie nicht finden, man wird sie nicht finden. Nicht jeder Mörder läßt sich fassen.« Der Hausierer schlug die Augen nieder und sagte: »Es tut mir leid, meine Dame, daß ich Euch an Euren Kummer erinnert habe. Wenn ich wüßte, wie ich Euch froh machen könnte, gäbe ich die Hälfte meines Lebens dafür.« Die Frau betrachtete ihn und lächelte auf eine seltsame Weise, spöttisch oder voll Befriedigung, oder es war einfach nur die Art zu lächeln, die jemand hat, und wer sie sieht, deutet sie auf seine Weise, und wenn er ein argloser Mensch ist, faßt er es zu seinen Gunsten auf. Der Hausierer, der ein argloser Mensch war, deutete dieses Lächeln so, daß die Frau ihm zu Gefallen und zu seinem Vergnügen gelächelt hätte. Und weil er die Frau bedauerte, da sie eigentlich in ihrem Alter und schön, wie sie war, gebührend von anziehenden Männern hätte umworben werden müssen, sah er sich plötzlich als einer von diesen. Er fing an, Reden zu führen, die eine junge Frau gern hört. Gott weiß, woher dieser einfache Hausierer solche Worte nahm. Und sie schalt ihn nicht und wies ihn nicht ab, im Gegenteil, sie war bereit, mehr zu hören. Er faßte sich ein Herz und begann, von Liebe zu sprechen. Und obwohl sie eine Dame war und er ein armer Hausierer, fielen seine Worte bei ihr auf fruchtbaren Boden, und sie erwies ihm Zuneigung. Selbst nachdem es aufgehört hatte zu regnen und die Straßen trocken waren, trennten sie sich nicht voneinander.

Der Hausierer blieb bei der Frau. Weder in dem alten Kuhstall noch in der Kammer mit den alten, unbrauchbaren Geräten wohnte er, sondern im Zimmer der Hausherrin; er schlief im Bett ihres Mannes, und sie bediente ihn, als ob er ihr Herr wäre. Jeden Tag bereitete sie ihm ein Mahl von allem, was Haus und Feld zu bieten hatten, das ganze gute, fette Geflügel. Auch wenn sie Fleisch in Butter briet, ließ er nicht die Hände davon. Anfangs war er schockiert, als er sah, wie sie einem Hahn den Kopf abhackte, doch später aß er und leckte sogar noch die Knochen ab, wie es nichtswürdige Menschen zu tun pflegen, die sich erst nicht versündigen wollen und dann genüßlich jede nur mögliche Sünde begehen. Er hatte weder Frau noch Kind, niemand, nach dem er Sehnsucht gehabt hätte, also blieb er bei dieser Frau. Er legte die Kleider eines Hausierers ab und kleidete sich wie ein freier Mann. Er mischte sich unter die einheimische Bevölkerung, bis er einer von ihnen war. Die Frau ließ nicht zu, daß er sich im Haus und auf dem Feld abplagte, im Gegenteil, sie trug sich selbst die ganze Arbeit auf, verwöhnte ihn mit Speis und Trank, und wenn sie ihn tagsüber geärgert hatte, war sie nachts zärtlich zu ihm, wie die Frauen, die mal so und mal so sind, verhielt sie sich. Ein Monat verging, zwei Monate, bis er zu vergessen begann, daß er ein armer Hausierer war und sie eine Dame. Und sie vergaß, daß er ein Jude war und alles andere auch.

So lebten sie zusammen in einem Haus, unter einem Dach, er aß, trank, ließ es sich gutgehen, schlief in einem gemachten Bett und wahrscheinlich fehlte es ihm an überhaupt nichts. Aber über eines wunderte er sich: in all den Tagen hatte er sie weder essen noch trinken gesehen. Zuerst hatte er gedacht, daß sie es für unter ihrer Würde hielt, mit ihm zu essen. Doch nachdem sie ihm vertraut geworden war, und er vergessen hatte, daß sie eine Dame und er ein Jude war, wunderte er sich mehr und mehr.

Einmal sagte er zu ihr: »Wie kommt es, Helene, daß ich nun schon einige Monate mit dir zusammenlebe und dich nie essen oder trinken sehe? Hast du eine Futterkrippe in deinen Gedärmen?« Sie antwortete: »Was kümmert es dich, ob ich esse und trinke, oder ob ich nicht esse und trinke? Genügt es dir nicht, daß es dir bei mir an nichts fehlt und dein Essen immer bereitsteht?« »Es stimmt«, erwiderte er, »daß ich zu essen und zu trinken habe und mein Essen reichlicher als jemals zuvor bereitsteht, trotzdem brenne ich darauf zu erfahren, wovon du dich ernährst und von was du satt wirst. Du ißt nicht gemeinsam mit mir am Tisch, auch sonst habe ich dich nirgends essen oder trinken sehen, ist es denn möglich, ohne Essen und Trinken zu existieren?« Helene lächelte und sagte: »Du willst wissen, was ich esse und trinke. Menschliches Blut trinke ich und Menschenfleisch esse ich.« Noch während sie sprach, umschlang sie ihn mit aller Kraft, dann drückte sie ihre Lippen auf die seinen, schmatzte und sagte: »Nie habe ich mir vorgestellt, daß das Fleisch eines Juden so süß ist. Küß mich, mein Rabe, küß mich, mein Adler, deine Küsse sind süßer als alle Küsse der

Welt.« Er küßte sie und dachte: »Das sind poetische Worte, so drücken vornehme Frauen ihre Liebe zu ihren Ehemännern aus.« Sie küßte ihn ebenfalls und sagte: »Josef, als du zum ersten Mal vor mir standest, wollte ich die Hündin auf dich hetzen, und nun beiße ich dich selbst wie eine toll gewordene Hündin. Ich fürchte, du wirst mir nicht lebend entrinnen, oh du mein süßes Aas!« So verbrachten sie ihre Tage in Liebe und Zärtlichkeit, und nichts in der Welt störte ihr Treiben.

Doch diese eine Sache ließ dem Straßenhändler keine Ruhe. Sie wohnten zusammen in einem Haus, in einem Zimmer, und ihr Bett stand nicht weit von seinem, sie gab ihm auch alles, was sie hatte; allein, sie teilte nicht das Brot an einem Tisch mit ihm. Das ging so weit, daß sie von keinem einzigen Gericht, das sie ihm zubereitete, auch nur das geringste kostete. Da ihm die Sache keine Ruhe ließ, fragte er noch einmal. Sie erwiderte: »Wer zuviel fragt und zuviel weiß, macht sich selbst die Hölle heiß. Freu dich doch, mein süßes Aas, über alles, was man dir gibt, und stell keine Fragen, auf die es keine Antwort gibt.« Der Jude dachte: »Vielleicht hat sie ja wirklich recht. Was kümmert es mich, ob sie mit mir ißt und trinkt, oder ob sie irgendwo anders Speis und Trank bekommt, sie ist ja gesund und wunderschön von Angesicht, nichts fehlt mir hier bei ihr.« Er entschloß sich zu schweigen. Er blieb, tat sich gütlich an ihrem Tisch und auch an allem anderen. Weder drang er mit Fragen in sie, noch ging er ihr mit überflüssigem Gerede auf die Nerven, vielmehr verdoppelte er seine Liebe, vielleicht weil er sie tatsächlich liebte, vielleicht aufgrund dieses Rätsels, für das es keine Lösung gab.

Wem der Umgang mit Frauen vertraut ist, der weiß, daß jede Liebe, die an eine Bedingung geknüpft wird, ins Leere läuft. Selbst wenn ein Mann eine Frau so liebt, wie Simson seine Delila, wird sie schließlich ihren Spott mit ihm treiben, wird sie ihm endlich das Leben schwer machen, bis er zu Tode verzweifelt sein wird. So erging es diesem Hausierer. Bald fing sie an, ihren Spott mit ihm zu treiben, bald begann sie, ihm das Leben schwer zu machen, bald war er zu Tode verzweifelt. Trotzdem verließ er sie nicht. Auch sie sagte zu ihm nicht: »Geh!« Er blieb einen Monat bei ihr, und noch einen Monat. Sie stritten und versöhnten sich, versöhnten und stritten sich, ohne daß er wußte, weswegen sie sich stritten, und warum sie sich wieder versöhnten. Aber er kam ins Grübeln: »Wir stehen uns so nahe, sind einander so vertraut, ständig sind wir zusammen, und dennoch weiß ich heute über sie nicht mehr, als an jenem Tag, da ich zum ersten Mal zu ihr kam, und sie das Messer von mir kaufte.« Solange sie noch einträchtig zusammenlebten, hatte er nicht viel gefragt, und wenn er eine Frage gestellt hatte, hatte sie ihm den Mund mit Küssen geschlossen. Seit es mit ihrer Eintracht vorbei war, machte er sich immer mehr Gedanken, bis er sich sagte: »Ich werde sie solange nicht in Ruhe lassen, bis sie es mir erzählt.«

Eines Nachts sprach er zu ihr: »Ich habe dich oft nach deinem Mann gefragt, und du hast mir nie etwas erzählt.« Sie erwiderte: »Nach welchem hast du gefragt?« »Hast du etwa zwei gehabt?« gab er zurück, »du hast doch nur erwähnt, daß er umgebracht worden ist!« Sie antwortete: »Was kümmert es dich, ob es zwei waren oder drei.« »Dann bin ich dein vierter Mann?« fragte er. »Mein vierter Mann?« »Das geht doch aus deinen Worten hervor«, sagte er, »ist es nicht so, Helene?« Sie antwortete: »Warte, bis ich sie alle gezählt habe.« Sie streckte die rechte Hand aus und zählte an den Fingern ab: »Einer, zwei, drei, vier, fünf.«

Nachdem sie alle Finger der rechten Hand durchgezählt hatte, streckte sie die linke aus und zählte weiter. »Wo sind sie?« wollte er wissen. Sie sagte: »Habe ich dir nicht gesagt: wer zuviel fragt und zuviel weiß, macht sich selbst die Hölle heiß.« »Sag es mir«, beharrte er. Sie tätschelte ihren Bauch und sagte: »Zum Teil sind sie hier.« »Was bedeutet: hier?« fragte er. Sie blickte ihn schief an und lächelte. Nachdem sie ihn eine Zeitlang angesehen hatte, meinte sie: »Und wenn ich es dir sagen würde – nichts würdest du verstehen. Heilige Mutter Gottes, schaut euch an, was für ein Gesicht dieses Aas macht!«

Schon als sie begonnen hatte, ihre Finger abzuzählen, hatte sein Verstand ausgesetzt. Und bei allen Fragen, die er gestellt hatte, war er geistesabwesend gewesen. Jetzt verließ ihn auch noch die Kraft zu sprechen. Stumm saß er da. Sie sagte zu ihm: »Mein Liebster, glaubst du an Gott?« Er seufzte und sprach: »Ist es denn möglich, nicht an Gott zu glauben?« »Du bist doch Jude?« »Ja«, sagte er und seufzte, »ich bin Jude.« Da sagte sie: »Die Juden glauben doch gar nicht an Gott, wenn sie nämlich an ihn geglaubt hätten, hätten sie ihn nicht umgebracht. Doch wenn du an Gott glaubst, dann bete für dich, daß es mit dir nicht dasselbe Ende nimmt, das jene gefunden haben.« – »Wessen Ende?« – »Das Ende derjenigen, nach denen du gefragt hast.« – »Deiner Männer?« – »Meiner Männer.« – »Welches Ende haben sie gefunden?« »Wenn du nicht verstehst, dann hat es keinen Sinn, mit dir zu sprechen«, gab ihm Helene zur Antwort. Während sie sprach, starrte sie auf seinen Hals, und ihre blauen Augen glänzten wie die Klinge eines neuen Messers. Zitternd schaute er sie an. Auch sie blickte ihn an und sagte: »Warum bist du denn so bleich geworden?« Er betastete sein Gesicht und fragte: »Ich bin bleich geworden?« Sie fuhr fort: »Und die Haare stehen dir zu Berge wie Schweineborsten.« Er befühlte seinen Kopf und fragte: »Die Haare stehen mir zu Berge?« »Und dort, wo dein Bart sprießt, hast du eine Gänsehaut bekommen«, schloß sie, »pfui, wie häßlich ist das Gesicht eines Feiglings!« Sie spuckte ihm ins Gesicht und ging. Im Weggehen drehte sie sich noch einmal zu ihm um und sagte: »Gib auf deinen Adamsapfel acht. Heilige Mutter Gottes, wie hat er gebebt! Als ob er das Messer gesehen hätte! Reg dich nicht auf, mein Liebling, ich beiß dich noch nicht.«

Der Hausierer saß noch auf dem Stuhl. Mal betastete er sein Gesicht, mal griff er sich an den Bart. Die Haare auf seinem Kopf hatten sich schon wieder an ihren ursprünglichen Platz gelegt, die eine Hälfte auf die eine Seite, die andere Hälfte auf die andere Seite, mit dem Scheitel in der Mitte, doch er fror, als ob er in Eis gelegt wäre. Aus dem anderen Zimmer waren Helenes Schritte zu hören. Er liebte Helene in diesem Augenblick nicht, aber er haßte sie auch nicht. Seine Glieder waren allmählich abgestumpft, als ob sie unfähig geworden wären, sich zu bewegen. Seine Gedanken waren dagegen um so lebhafter. Er dachte: »Ich sollte aufstehen, zusammenpacken und fortgehen.« Als er gehen wollte, wurden seine Glieder noch schwächer. Wieder waren Helenes Schritte zu hören. Als ihre Schritte verstummten, war das Klappern von Geschirr zu vernehmen, und Essensgeruch drang herüber. Wieder begann der Hausierer zu überlegen: »Ich muß verschwinden, weg von hier, wenn nicht gleich, dann morgen früh.« Wie froh war er an dem Tag gewesen, als sie ihn die Nacht in dem alten Kuhstall verbringen ließ. Nun rief ihm sogar das gemachte Bett zu: »Nimm die Füße unter den Arm und bring dich in Sicherheit!« Da war es bereits dunkel geworden. Gegen seinen

Willen ließ er sich darauf ein, die Nacht in diesem Haus zu verbringen, aber nicht in dem Zimmer seiner Frau, nicht in dem Bett ihrer ermordeten Gatten, sondern in dem alten Kuhstall oder in einem anderen Zimmer, bis der Morgen dämmerte, dann würde er gehen.

Helene trat ein und sagte: »Du siehst aus, als ob ich dich schon verschlungen hätte.« Sie nahm ihn am Arm, führte ihn ins Eßzimmer, setzte ihn an den Tisch und sagte: »Iß!« Er hob die Augen und sah sie an. Sie wiederholte: »Iß!« Er griff nach einer Scheibe Brot und verschlang sie auf einmal. Helene sagte: »Ich sehe, daß man dir das Brot vorkauen muß.« Er nahm die Hände vom Brot und erhob sich, um zu gehen. »Warte«, sagte Helene, »ich werde mit dir gehen.« Sie zog einen Schafspelz an und ging mit ihm.

Unterwegs wechselten sie weder ein gutes noch ein böses Wort, sondern sprachen nur über gleichgültige Dinge, wie Menschen, die verärgert sind und sich ablenken wollen. Auf ihrem Weg kamen sie an einem Steinkreuz[2] vorbei. Helene blieb stehen, schlug ein Kreuz über der Brust und sprach ein kurzes Gebet. Danach nahm sie Josef am Arm und kehrte mit ihm in ihr Haus zurück.

In der Nacht fuhr Josef erschrocken aus dem Schlaf und schrie auf. Er hatte geglaubt, jemand hätte ihm ein Messer ins Herz gestoßen – nicht ins Herz, in dieses Steinkreuz, nein, in ein anderes Kreuz, aus Eis, wie es die Christen an ihren Feiertagen beim Fluß machen. Obwohl ihn das Messer nicht ins Herz getroffen hatte, fühlte er dennoch einen Schmerz darin. Unruhig warf er sich hin und her und stöhnte. Der Schlaf übermannte ihn, und er döste ein. Er hörte ein Rasseln und sah, daß die Hündin sich von der Kette um ihren Hals losgerissen hatte. Er schloß die Augen und beachtete sie nicht. Sie lief los und kam zu ihm. Sie bohrte ihre Zähne in seinen Hals. Blut strömte aus seinem Hals, und sie schlürfte sein Blut. Er schrie laut auf und warf sich hin und her. Helene wachte auf und rief: »Was weckst du das ganze Haus auf und läßt mich nicht schlafen!« Er zog sich in seine Kissen und unter die Federbetten zurück und blieb dort bis zum Morgengrauen regungslos liegen.

Am Morgen sagte Josef zu Helene: »Ich habe dich um deinen Schlaf gebracht.« Helene erwiderte: »Ich habe keine Ahnung, von was du sprichst.« Er sagte: »Hast du nicht geschrien, daß ich dich nicht schlafen lasse?« Helene antwortete: »Ich habe geschrien?« »Wenn du es nicht mehr weißt«, sagte Josef, »dann hast du wohl im Schlaf gesprochen.« Sie erbleichte und fragte: »Was habe ich gesagt?«

In der folgenden Nacht brachte er sein Bettzeug in das Zimmer mit den alten, unbrauchbar gewordenen Gerätschaften. Helene sah es und sagte nichts. Als es Zeit zum Schlafengehen wurde, sagte er zu ihr: »Ich schlafe nicht gut, ich werfe mich auf meinem Lager herum und bin besorgt, daß ich dich um deinen Schlaf bringe, darum habe ich mein Bett ins andere Zimmer gebracht.« Helene nickte zustimmend und sagte: »Tu alles, was dir richtig erscheint.« »Das habe ich getan«, erwiderte Josef. »Dann ist es ja gut«, sagte Helene.

Von da an sprachen sie nicht mehr miteinander. Josef vergaß, daß er nur ein Gast war und tat, was ihm gefiel. Jeden Tag wollte er ihr Haus verlassen, und alles, was sie ihm Gutes getan hatte. Ein Tag ging vorüber, eine Woche verging, doch ihr Haus verließ er nicht. Auch sie sagte nicht zu ihm: »Geh!«

Eines Abends setzte er sich zum Abendessen. Helene brachte ihm die Mahlzeit. Aus ihrem Mund schlug ihm der Atem eines hungrigen Menschen entgegen. Er verzog den

Mund. Sie bemerkte es und fragte ihn: »Warum verziehst du den Mund?« Er sagte: »Ich habe den Mund nicht verzogen.« Sie lächelte seltsam und sagte: »Vielleicht hast du meinen Atem gerochen.« Er erwiderte: »Nimm eine Scheibe Brot und iß!« »Mach dir um mich keine Sorgen«, sagte sie, »ich werde keinen Hunger leiden.« Auf ihrem Gesicht war wieder dieses merkwürdige Lächeln zu sehen, nur noch unangenehmer als das vorige.

Nachdem er gegessen und getrunken hatte, zog er sich in sein Zimmer zurück und machte sein Bett. Plötzlich kam er auf den Gedanken, das »Höre Israel« zu beten. Da ein Kruzifix an der Wand hing, ging er hinaus, um draußen zu beten.

Es war eine Winternacht. Die Erde war schneebedeckt und der Himmel bedeckt und trübe. Er schaute nach oben und sah keinen Funken Licht, er blickte nach unten und konnte nicht einmal seine Füße erkennen. Plötzlich kam er sich vor wie ein Gefangener auf einer Waldlichtung, mit all diesem Schnee, auf den neuer Schnee fiel. Auch er selbst wurde immer mehr von Schnee bedeckt. Er zog die Füße aus dem Schnee und begann zu laufen. Er traf auf das Steinkreuz, das aus dem Schnee ragte. »Mein Vater im Himmel«, schrie Josef, »wie weit bin ich abgekommen. Wenn ich nicht sofort umkehre, bin ich verloren.« Er sah sich um, bis er feststellen konnte, woher der Wind wehte. Er schlug die Richtung zu jenem Haus ein und ging dorthin.

Es herrschte vollkommene Stille. Kein Laut war zu hören, nur der Schnee fiel kaum wahrnehmbar auf die Schneedecke, seine Füße sanken knirschend darin ein und taten sich schwer, wieder herauszukommen. Er spürte einen Druck auf seinen Schultern, als ob er seinen schweren Tragekorb umgeschnallt hätte. Nach kurzer Zeit erreichte er sein Haus.

Das Haus lag im Dunkeln. Kein Licht leuchtete in den Zimmern. »Sie schläft«, flüsterte Josef und hielt inne, vor lauter Haß brachte er die Zähne nicht mehr auseinander. Er schloß die Augen und betrat sein Zimmer.

Als er eintrat, hatte er das Gefühl, daß sich Helene im Zimmer befand. Er unterdrückte seinen Haß gegen sie. Eilig zog er seine Kleider aus und tastete sich an Kissen und Federbetten entlang. Flüsternd rief er: »Helene«, erhielt jedoch keine Antwort. Er rief noch einmal nach ihr, aber sie antwortete nicht. Er richtete sich auf und zündete eine Kerze an. Er sah, daß sein Bettzeug voller Löcher war. Was ist hier passiert? Was war hier los? Als er sein Zimmer verlassen hatte, war das Bettzeug ja noch ganz gewesen, und nun ist es voller Löcher! Ohne Zweifel ist es von Menschenhand durchlöchert worden, aber weshalb? Er sah sich um und bemerkte einen kleinen Blutfleck. Erstaunt blickte er auf das Blut.

Dann hörte er ein Stöhnen. Er suchte und fand Helene ausgestreckt auf dem Fußboden liegen, mit einem Messer in der Hand. Es war das Messer, das sie ihm an jenem Tag, als er hierher gekommen war, abgekauft hatte. Er nahm ihr das Messer aus der Hand, hob sie vom Boden auf und legte sie in sein Bett. Helene schlug die Augen auf und blickte ihn an. Noch während sie ihn ansah, öffnete sie den Mund, und ihre Zähne glänzten.

Josef fragte Helene: »Willst du etwas sagen?« Doch sie sprach kein Wort. Er beugte sich zu ihr hinunter. Im Nu richtete sie sich auf, grub ihre Zähne in seinen Hals und begann zu beißen und zu saugen. Schließlich stieß sie ihn zurück und schrie: »Pfui, wie kalt du bist, dein Blut ist kein Blut, sondern Eiswasser!«

Der Hausierer pflegte die Hausherrin ein, zwei Tage und

noch einen weiteren Tag lang. Er verband ihre Wunden; in der Nacht, als sie gekommen war, um ihn zu schlachten, hatte sie sich selbst verletzt. Er kochte auch für sie. Aber jede Speise, mit der er sie fütterte, erbrach sie, denn sie hatte schon die Kunst, wie ein Mensch zu essen, verlernt, weil sie sich an den Genuß des Fleisches ihrer Männer gewöhnt hatte, die sie schlachtete, auffraß und deren Blut sie trank – was sie auch mit ihm vorgehabt hatte.

Am fünften Tag gab sie ihren Geist auf und starb. Josef wollte einen Priester holen, fand aber keinen. Er machte einen Sarg für sie, legte ihr ein Leichenhemd an und grub im Schnee ein Grab. Doch da die Erde hartgefroren war, gelang es ihm nicht, ein Grab auszuheben. Er nahm ihren Leichnam, legte ihn in den Sarg und stieg damit aufs Dach hinauf; dort begrub er sie im Schnee. Die Vögel rochen den Kadaver. Sie pickten auf dem Sarg herum, bis er aufbrach, dann teilten sie den Kadaver der Hausherrin unter sich auf. Und jener Hausierer nahm seinen Tragekorb und wanderte von Ort zu Ort, um seine Ware feilzubieten.

FERNHEIM

1

Bei seiner Rückkehr fand er sein Haus verschlossen vor. Nachdem er einmal, zweimal und ein drittes Mal geläutet hatte, kam die Pförtnerin; sie verschränkte die Arme über ihrem Bauch, neigte den Kopf zur Seite, stand eine kleine Weile verwundert da und rief: »Wen sehe ich, Herrn Fernheim! Ja wirklich, das ist er, der Herr Fernheim. Das bedeutet, daß er zurückgekommen ist, der Herr Fernheim. Warum hat es dann geheißen, daß er nicht zurückkommen wird? Und daß er sich die Mühe macht und läutet, was doch ganz vergeblich ist, weil die Wohnung leer und niemand da ist, der ihm aufmachen könnte: Frau Fernheim ist weggegangen, hat das Haus abgeschlossen und die Schlüssel mitgenommen, sie hat nicht damit gerechnet, daß man vielleicht die Schlüssel brauchen wird, so wie jetzt, da der Herr Fernheim zurückgekommen ist und in sein Haus hinein möchte.«

Fernheim hatte das Gefühl, etwas sagen zu müssen, bevor sie ihn mit allen anderen unangenehmen Dingen überschüttete. Er überwand sich zu antworten, brachte aber nur abgehacktes Gestammel heraus, das gänzlich nichtssagend war.

Die Pförtnerin fuhr fort: »Nachdem der kleine Bub gestorben war, kam ihre Schwester, Frau Steiner, und mit ihr der Herr Steiner. Sie haben sie mitgenommen, die Frau Fernheim, in ihre Sommerwohnung. Mein Sohn Franz, der ihr die

Koffer getragen hat, hörte, daß Steiners vorhaben, die Zeit bis zu den großen jüdischen Feiertagen, die kurz vor Herbstanfang in den letzten Sommertagen beginnen, dort im Dorf zu verbringen. Ich nehm' an, daß die Frau Fernheim auch nicht früher in die Stadt zurückkommen wird, weil doch ihr kleiner Bub gestorben ist, was braucht sie sich da zu beeilen. Muß er denn etwa in einen Kindergarten? Der arme Bub, immer schwächer ist er geworden, bis er gestorben ist.«

Fernheim preßte die Lippen aufeinander. Schließlich nickte er der Pförtnerin zu, fuhr mit den Fingerspitzen in die Brusttasche, holte eine Münze heraus und gab sie ihr. Dann ging er seines Wegs.

Zwei Tage verbrachte Fernheim in der Stadt. Es gab kein Café, das er nicht besucht hätte, keinen Bekannten, mit dem er nicht gesprochen hätte. Er ging zum Friedhof, zum Grab seines Sohnes. Am dritten Tag verpfändete er das Geschenk, das er für seine Frau gekauft hatte, ging zum Bahnhof, erstand eine Hin- und Rückfahrkarte und fuhr nach Lückenbach, das Dorf, in dem sich die Sommerwohnung von Heinz Steiner, seinem Schwager, befand. Dort hatte Fernheim vor Jahren Inge kennengelernt, als er sich Karl Neiss angeschlossen hatte, der ihn zu ihr brachte. Karl Neiss hatte keine Ahnung gehabt, wie sich die Dinge weiter entwickeln würden.

2

Als Fernheim die Villa betrat, stand Gertrud im Vestibül vor einem Wäschekorb und legte Weißwäsche zusammen, die sie von der Leine genommen hatte. Sie empfing ihn mit freundlichem Gesicht und schenkte ihm ein Glas Himbeersaft ein, aber sie empfing ihn ohne das geringste Anzeichen von Freude, als ob er nicht aus der Kriegsgefangenschaft zurückkehrte, als ob nicht Jahre vergangen wären, in denen sie ihn nicht gesehen hatte. Und als er fragte, wo Inge sei, zeigte sie ein erstauntes Gesicht, daß er nach ihr, nach Inge, mit so außergewöhnlicher Vertrautheit fragte. Als er auf eine Tür blickte, die in ein anderes Zimmer ging, sagte Gertrud: »Dort darfst du nicht hinein, dort steht das Bett von Sigbert. Erinnerst du dich an meinen Sig, mein Sohn Sig, den ich im Alter geboren habe?« Sie lächelte in sich hinein, weil sie Sigbert erwähnt und ihn den »Sohn, den sie im Alter geboren hat« genannt hatte, wo sich doch zur selben Zeit schon ein neues Kind in ihrem Bauch regte. Noch während sie redete, trat Sigbert ins Zimmer.

Gertrud strich ihrem Sohn übers Haar, ordnete seine Locken, die ihm über die Stirn fielen und sagte zu ihm: »Hast du schon wieder dein Bett verrückt? Habe ich dir nicht gesagt, du sollst dein Bett nicht verschieben? Aber du, Siggi, hörst nicht auf mich, du hast schon wieder dein Bett weggerückt, das hättest du nicht tun dürfen, mein Sohn.«

Der Knabe stand verwundert da. Über welches Bett redete seine Mutter? Wenn er wirklich das Bett weggerückt hatte, warum hätte er das nicht tun dürfen? Aber hier gab es ja überhaupt kein Bett! Wäre hier tatsächlich ein Bett, und er hätte es weggerückt, dann müßte sich seine Mutter ja freuen, daß er so ungeheuer kräftig und stark wäre, daß er ein Bett verschieben könnte, wenn er wollte. Doch alles, was Mutter gesagt hatte, war seltsam, weil ja überhaupt kein Bett da war. Siggi verzog das Gesicht wegen des Unrechts, das man ihm antat. Trotzdem war er bereit, dieses Unrecht zu verzeihen, falls es ein Körnchen Wahrheit in Mutters Worten gab.

Fernheim hatte schon bemerkt, daß hier gar nichts im

Wege stand. Doch aus Respekt vor Gertrud, die er nicht als Lügnerin hinstellen wollte, öffnete er die Tür nicht.

Gertrud überlegte: »Man muß Heinz Bescheid geben, daß Fernheim hier ist. Aber wenn ich gehe und Fernheim hier zurücklasse, kann er die Tür öffnen, in das Zimmer hineingehen und von dort in das Zimmer von Inge. Doch es ist nicht gut, daß er sie mit seiner Anwesenheit konfrontiert, bevor Heinz mit ihm gesprochen hat. Es ist sowieso schlecht, daß er heute gekommen ist, da Inge dort sitzt und den Besuch von Karl Neiss erwartet. Vielleicht ist Neiss bereits gekommen und sitzt bei Inge. Es ist völlig unnötig, daß die beiden Männer ausgerechnet bei Inge aufeinandertreffen.« Sie sah Sigbert stehen und trug ihm auf: »Geh zu Papa und sag ihm, daß ...«

Fernheim streckte die Arme nach dem Jungen aus und begann liebevoll mit ihm zu sprechen: »Wer ist denn das hier? Ist das nicht der junge Steiner, der Junior aus der Firma Starkmat und Steiner? Was ist, Siggi, willst du nicht deinen lieben Onkel begrüßen, den Onkel Werner? Freust du dich etwa nicht, daß er aus der Kriegsgefangenschaft zurückgekehrt ist, wo ihm die Feinde lebende Schlangen zu essen gegeben haben und Otterngift zu trinken? Komm her, Siggi, mein Lieber, ich will dir einen Kuß geben.« Er ergriff den Knaben, hob ihn hoch und küßte ihn auf den Mund.

Sigbert wischte sich den Mund ab und blickte ihn feindselig an. Fernheim holte einen halben Zigarillo hervor, zündete ihn mit seinem Feuerzeug an und sagte zu Siggi: »Willst du nicht das Feuer ausmachen? Öffne den Mund, blas darauf, und es erlischt wie von selbst.«

Gertrud sagte zu ihrem Sohn: »Geh, Liebling, und sag Papa, daß ... daß Onkel Werner gekommen ist und ihn sehen möchte.«

Als er losging, rief sie ihn zurück. Gertrud wollte dem Kind einschärfen, ja keinem Menschen, am allerwenigsten Tante Inge, zu erzählen, daß Fernheim hier sei, bevor er es nicht zuerst Vater erzählt hätte. Aber da es unmöglich war, in Fernheims Anwesenheit so zu reden, schickte sie ihn gleich wieder los.

Siggi blieb stehen und wartete darauf, daß sie ihn wieder zurückholte, so wie ihn seine Mutter beim ersten Mal zurückgerufen hatte. Sobald er sah, daß sie schwieg, ging er weg und rief: »Papa, Papa, Mama fragt nach dir. Ein Mann ist hierhergekommen.«

Steiner fragte vom Obergeschoß herunter: »Wer ist denn gekommen?«

Der Junge wiederholte: »Ein Mann ist hierhergekommen.« Weiter sagte er nichts.

Sein Vater sagte zu ihm: »Geh, mein Sohn, und sag Mutter, daß ich komme.«

Der Junge erwiderte: »Ich will nicht.«

»Was willst du nicht?«

»Ich will nicht zu Mutter gehen.«

»Warum willst du nicht zu Mutter gehen?«

»Darum.«

»Was heißt darum?«

»Dieser Mann.«

»Was ist mit diesem Mann?«

»Darum.«

»Du bist dickköpfig, Sigbert. Ich habe nichts für Dickköpfe übrig.«

Der Junge ging weg und weinte.

Fernheim setzte sich, auch Gertrud setzte sich. Sie legte die Weißwäsche zusammen, und er hielt das Stück Zigarillo zwischen seinen Lippen. Sie saß und schwieg, und er wunderte sich über sich selbst, daß er neben der Schwester seiner Frau saß und schwieg. Sie wartete auf das Eintreffen ihres Mannes, und er konzentrierte sich aufs Rauchen.

Der Zigarillostummel war schon fast zu Ende, und noch immer hielt er ihn zwischen seinen Lippen. »Ich sehe«, dachte Gertrud, »daß die neue Wäscherin gut arbeitet. Das Laken ist strahlend weiß, aber schrubben muß man es noch. Daß Werner zurückgekommen ist, ist nicht gut. Aber nachdem er nun gekommen ist, kann die ganze Angelegenheit vielleicht ein Ende nehmen. Die Handtücher leuchten mehr als die Laken, aber an den Ecken sind sie zerdrückt. Man sieht, daß die Wäscherin zwei Handtücher zusammengepreßt hat. Was ist das, Taubenkot? Und daß sie nicht weiß, daß man die Wäscheleine erst abtrocknen muß, bevor man die Wäsche aufhängt. Heinz ist noch nicht gekommen, und ich bin noch ganz unentschlossen und ungewiß, ob es angebracht ist, daß ich Werner zum Mittagessen einlade, da ja Karl Neiss bereits zum Essen eingeladen wurde. Aber damit er sich nicht so elend fühlt, werde ich ihm noch ein Glas Himbeersaft einschenken. Er braucht einen Aschenbecher.« Er hatte die Kippe schon in den Garten geworfen.

3

Man hörte die Schritte von Heinz Steiner und nahm den Geruch der guten Zigarre in seinem Mund wahr. Er setzte ein grimmiges Gesicht auf, wie es seiner Gewohnheit entsprach, wenn er sich einem Fremden gegenüber zeigen mußte. Als er eintrat und Fernheim sah, verdoppelte sich sein Ärger, der sich bei ihm aufgestaut hatte. Sein Gesicht drückte nur Staunen aus. Er fingerte an seinem Schnurrbart herum, brachte kaum die Lippen auseinander und sagte mürrisch: »Du bist hier?«

Fernheim antwortete ihm, während er sich um ein heiteres Gesicht bemühte: »Du hast den Nagel auf den Kopf getroffen, Heinz.« Und sofort streckte er ihm beide Hände entgegen und begrüßte ihn.

Heinz hielt ihm zwei Fingerspitzen hin und sagte etwas Unverständliches, ohne dabei die Lippen zu bewegen oder die Zunge einzusetzen, aber er fügte noch hinzu: »Du bist zurückgekommen.«

Fernheim erwiderte scherzhaft: »Soweit müssen wir dir recht geben.«

»Seit wann bist du zurück?«

»Seit wann ich zurück bin?« sagte Fernheim, »vor zwei Tagen bin ich zurückgekommen, und wenn man es genau nimmt, vor drei Tagen«.

Heinz schnippte die Asche seiner Zigarre in das Glas mit Himbeersaft und sagte: »Drei Tage bist du hier. Man kann wohl annehmen, daß dir einige Leute begegnet sind, die du kennst.«

»Und wenn sie mir begegnet sind, was soll's?« erwiderte Fernheim grob.

Heinz antwortete: »Wenn du Leute getroffen hast, die du kennst, dann hast du vielleicht ein bißchen etwas mitbekommen.«

»Ein bißchen – was zum Beispiel?«

»Zum Beispiel, daß sich etwas geändert hat in der Welt.«

»Ja«, meinte Fernheim, »viele Dinge haben sich geändert. Ich habe geschrieben, daß ich an einem bestimmten Tag kommen werde, zu einer bestimmten Uhrzeit, mit einem bestimmten Zug, und als ich ankam, fand ich den Bahnhof leer vor. Natürlich war der Bahnhof nicht leer. Im Gegenteil, überlaufen war er von lärmendem Volk, Menschen waren gekommen, um Brüder, Söhne und Ehemänner zu empfangen, die aus dem Krieg heimkehrten, doch Werner Fernheim, der sein Blut im Krieg vergossen hatte, der bei den Feinden in Kriegsgefangenschaft und ein Jahr lang im Gefangenenlager gewesen war – nicht ein Mensch war zu seiner Begrüßung gekommen.«

Steiner hob den Kopf und sagte über Fernheim hinweg: »Wer hätte deiner Ansicht nach kommen sollen, Werner?«

Fernheim antwortete: »Gott behüte, daß ich dich gemeint hätte. Ich weiß, daß Herr Steiner ein großer Mann ist, ein so vielbeschäftigter Mann, daß man ihn dafür sogar vom Militärdienst befreit hat. Aber es gibt hier eine Person, von der hätte man es nicht übertrieben gefunden, wäre sie gekommen, ihren Mann zu begrüßen. Was hältst du davon, Heinz, mein Schwager, wenn Inge gekommen wäre? Wäre das so unbegreiflich?«

Steiner wollte lächeln, aber da er gewöhnlich nicht lächelte, brachte sein Gesicht nur einen Ausdruck des Erstaunens zustande. Er bog die Finger seiner linken Hand um, betrachtete die Fingernägel und sagte: »Wenn ich richtig gehört habe, hätte Inge dir zum Bahnhof entgegenspringen müssen. Ist es nicht so, Werner?«

»Warum bist du so überrascht?« erwiderte Fernheim, »ist es nicht überall auf der Welt so, daß die Frau ihren Mann begrüßt, wenn er aus der Ferne heimkehrt? Und von wie fern ich zurückkomme! Ein anderer an meiner Stelle wäre schon hundertmal gestorben, ohne das geliebte Gesicht wiederzusehen.« Plötzlich hob er die Stimme und fragte aufgebracht: »Wo ist Inge?«

Steiner sah seinem Schwager ins Gesicht und wandte die Augen ab; kaum hatte er die Augen abgewandt, blickte er ihn wieder an, schnippte die Asche von seiner Zigarre und antwortete ruhig: »Inge ist ein unabhängiger Mensch, wir folgen ihr nicht auf Schritt und Tritt. Auch dir, Werner, rate ich: misch' dich nicht in ihre Angelegenheiten.«

Gertrud saß nachdenklich da. »Was für ein Mann, was für ein Mann, das ist einer, der mit jedem umgehen kann. Heute nacht werde ich ihm mein Geheimnis verraten, daß ihn ein neues Kind erwartet. Ich werde die beiden jetzt allein lassen und mich davonmachen.«

Das Weiße in Fernheims Augen rötete sich, als ob sie verletzt worden wären und bluteten. »Worauf willst du hinaus?« schrie er, »was willst du damit sagen, daß ich mich nicht in ihre Angelegenheiten mischen soll? Mir scheint, daß ich noch immer etwas zu sagen habe, was sie betrifft!«

Gertrud erhob sich und wollte gehen.

»Setz dich auf deinen Stuhl, Gertrud«, sagte Heinz, »wenn du auch nicht darauf aus bist, seine Reden mit anzuhören, so möchtest du vielleicht doch hören, was ich zu sagen habe. Und du, Werner, hör zu. Wenn du es dir selbst noch nicht gesagt hast, werde ich es dir sagen. Die Welt, so wie du sie bei Kriegsbeginn gekannt hast, ist nicht mehr dieselbe, und auch unser Leben hat sich von Grund auf verändert. Ich weiß nicht, inwieweit dir diese Dinge klar sind, und ob sie erfreulich für dich sind. Wenn du willst, werde ich dir alles erklären.«

Fernheim hob die Augen und gab sich Mühe, seinem Schwager ins Gesicht zu sehen. In jenem Moment war dessen Gesicht gar nicht schön anzusehen. Fernheim ließ den Kopf hängen, schlug die Augen nieder und saß ergeben da.

Unvermittelt schrie Steiner los: »Gibt es hier keinen

Aschenbecher? Entschuldige, Gertrud, wenn ich sage, daß hier auf dem Tisch immer ein Aschenbecher zu sein hat.«

Gertrud erhob sich und brachte einen Aschenbecher.

»Danke, danke, Gertrud. Die Asche hat sich schon gelöst und ist auf den Teppich gefallen. Worüber haben wir gesprochen? Du willst eine Erklärung, Werner. Wir werden also mit dem Anfang der Geschichte beginnen. Ein Mädchen aus gutem Hause war einem Mann versprochen, aber sie waren noch nicht verheiratet. Die Sache wurde schwieriger, als dieser Mann in die Gesellschaft eines gewissen anderen geriet. Der für das Mädchen bestimmt war, verschwand, und der andere, der sich an ihn herangemacht hatte, tauchte auf und machte dem Mädchen den Hof, bis sie ihm nachgab und ihn heiratete. Warum sie ihm nachgegeben und ihn geheiratet hat? Die Antwort darauf überlasse ich Leuten, die mit Rätseln bewandert sind. Ich habe keine Ahnung, warum. Selbst du, Werner, wenn du dich im rechten Licht siehst, vermagst nicht zu sagen, warum. Schon von Anfang an war dieses Paar ja alles andere als ein Paar; indes, was geschehen ist, ist geschehen. Immerhin liegt kein Grund vor, weshalb dies für alle Zeiten so bleiben sollte. Verstehst du, mein Lieber, worauf es hinausläuft? Du begreifst nicht? Erstaunlich. Ich spreche doch deutlich.«

»Einzig und allein aus diesem Grund?« fragte Werner.

Heinz antwortete: »Hältst du das nicht für schwerwiegend, was ich dir gesagt habe?«

Werner erwiderte: »In jedem Fall will ich wissen, ob dies der einzige Grund ist.«

»Dies ist ein Grund, und es gibt einen anderen.«

»Welchen?«

Steiner schwieg und gab keine Antwort.

Werner hakte nach: »Ich bitte dich, mir den anderen Grund zu nennen. Du sagst ja: dies ist ein Grund, und es gibt einen anderen. Also, was ist der andere Grund?«

Steiner antwortete: »Das, was du den anderen Grund nennst, ist ein Kapitel für sich.«

»Und wenn ich es wissen will?«

»Wenn du es wissen willst, werde ich es dir sagen.«

»Nämlich?«

»Jener Mann nämlich, dem das Mädchen versprochen war, wurde lebend gefunden. Und wir setzen unser Vertrauen in dich, daß du keine Schwierigkeiten machen wirst. Du siehst, Werner, daß ich dich nicht an die Unterschlagung der Gelder erinnere, oder daran, daß du den Namen der Firma in Verruf gebracht hast.«

Fernheim flüsterte: »Karl Neiss lebt?«

»Er lebt«, antwortete Steiner.

»Dann hat bereits die Zeit der Auferstehung von den Toten begonnen?« sagte Fernheim, »ich selbst und jeder, der bei mir war, alle haben wir gesehen, wie er unter einem Bergrutsch begraben wurde, und nie habe ich gehört, daß man ihn dort herausgeholt hätte. Heinz, mein Freund, du hältst mich zum Narren. Selbst wenn sie ihn dort herausgeholt hätten, wäre er unmöglich lebend geborgen worden. Sag mir, Heinz, was bringt dich dazu, mir so etwas zu erzählen? Ist nicht ...«

»Das Geschichtenerzählen ist nicht mein Metier«, unterbrach ihn Steiner, »ich sag dir nur eins: Karl lebt und ist gesund, lebt und ist gesund. Und noch eins: Inge setzt ihr Vertrauen in dich, daß du dich nicht trennend zwischen sie stellst. Was nun deine Rückkehr mit leeren Händen angeht, auch darüber haben wir uns beraten: wir werden dich nicht mit leeren Händen fortschicken. Ich habe die Höhe der

Summe noch nicht festgesetzt, die ich dir geben will, ich versichere dir aber auf jeden Fall, daß es genug sein wird, damit du dich auf eigene Füße stellen kannst; es sei denn, du willst dich auf die faule Haut legen.«

Fernheim fragte: »Ihr gebt mir nicht die Erlaubnis, Inge zu sehen?«

»Wenn Inge dich sehen will,« erwiderte Steiner, »werden wir sie nicht davon abhalten.«

»Wo ist sie?«

»Wenn sie nicht spazierengegangen ist, dann sitzt sie wohl in ihrem Zimmer.«

»Sitzt sie dort allein?« fragte Fernheim spöttisch.

Steiner entging Fernheims Spott, und er gab ruhig zurück: »Vielleicht ist sie allein, vielleicht auch nicht. Inge ist ein unabhängiger Mensch, sie kann tun und lassen, was sie will. In jedem Fall kann man Inge fragen, ob sie Zeit hat, Gäste zu empfangen. Was denkst du, Gertrud? Sollen wir Sig zu ihr schicken? Was hat Sig vorhin gehabt, daß er so dickköpfig war? Müßiggang tut keinem Menschen gut, auch den Kindern nicht.«

4

Inge empfing ihn freundlich. Wenn wir nicht wüßten, was wir wissen, dann würden wir meinen, sie freute sich, ihn zu sehen. Ein neues Licht strahlte in ihren Augen, und eine glückliche Freude ging von ihr aus. Glück ist etwas Wunderbares: selbst wenn es nicht für dich bestimmt ist, hast du nichts gegen sein Licht. In diesem Moment war ihm alles entfallen, was er hatte sagen wollen. Er saß vor Inge, blickte sie an und schwieg.

Inge fragte: »Wo bist du all die Jahre gewesen?«

»Das weiß ich mit Bestimmtheit«, sagte Werner, »aber wenn du mich fragen würdest, wo ich jetzt bin, hätte ich Zweifel, ob ich eine Antwort wüßte.«

Inge lächelte, als hätte sie einen Spaß gehört.

Werner rutschte auf seinem Stuhl hin und her, stützte seine Rechte auf die Stuhllehne, hob die Linke vor seine Nase, roch an den Fingernägeln, die vom vielen Rauchen gelb geworden waren, saß und staunte, daß er nach all den Jahren, die er fern von Inge gewesen war, wieder bei ihr saß, wahrhaftig, er blickte sie an, und sie sah ihn an, aber kein Wort von all dem, was er auf dem Herzen hatte, brachte er über die Lippen, obwohl es ihn sehr danach drängte, etwas zu sagen.

Inge sagte: »Erzähle, ich höre zu.«

Werner steckte die Hand in seine Tasche und begann, darin herumzukramen. Aber das Geschenk, das er für Inge gekauft hatte, hatte er für die Reise nach Lückenbach versetzt. Er lächelte verlegen und sagte: »Du möchtest wissen, was ich die ganze Zeit über gemacht habe.«

Sie nickte und meinte: »Warum nicht?«

Als er zu erzählen begann, bemerkte er, daß sie nicht zuhörte.

»Und wie haben dich die Bulgaren behandelt?« fragte Inge.

»Die Bulgaren? Die Bulgaren waren unsere Verbündeten.«

»Warst du nicht in Gefangenschaft? Mir schien, ich hätte gehört, daß du in Gefangenschaft warst.«

»Bei den Serben war ich in Kriegsgefangenschaft«, erläuterte Fernheim, »kannst du nicht zwischen Feind und Freund unterscheiden? Ich habe gehört, daß er zurückgekehrt ist.«

Sie wurde rot und gab ihm keine Antwort.

Werner sagte: »Du verdächtigst mich, daß ich dir eine Lüge aufgetischt habe, als ich kam und sagte, daß ich gesehen hätte, wie Karl Neiss unter einem Erdrutsch begraben wurde. Zu hundert Lügen wäre ich bereit gewesen, um dein Ja zu bekommen. Aber dies war die Wahrheit.«

»Wahr und nicht wahr.«

»Wahr und nicht wahr? Was soll daran nicht wahr gewesen sein?« Inge antwortete: »Es ist wahr, daß der Berg über ihm zusammenstürzte, aber er hat ihn nicht begraben.«

»Wenn es so ist«, sagte Werner, »wo ist er dann all die Jahre über gewesen?«

»Das ist eine lange Geschichte«, erwiderte Inge.

»Du scheust dich, sie zu erzählen, aus Angst, ich würde um so länger bei dir sitzen.«

»Das habe ich nicht gemeint.«

»Sondern?«

»Sondern daß ich es nicht verstehe, Geschichten zu erzählen.«

»Ich bin jedenfalls gespannt zu erfahren, was passiert ist, und was nicht passiert ist. Mit meinen eigenen Augen habe ich gesehen, wie der Bergrutsch auf ihn zustürzte, und du sagst: er stürzte, aber nicht auf ihn. Verzeih, wenn ich noch einmal frage: wenn es so war, wo ist er in all den Jahren gewesen? Briefe hat er nicht geschrieben, man hat ihn nicht mehr unter die Lebenden gezählt. Plötzlich kommt er an und sagt: hier bin ich, und jetzt, jetzt bleibt uns nichts anderes übrig, als Werner Fernheim aus der Welt zu schaffen und seine Frau zu nehmen. Ist es nicht so, Inge?«

»Bitte nicht, Werner.«

»Oder besser noch, dieser Werner, dieser Werner Fernheim, der Mann von Ingeborg, würde sich selbst aus der

Welt entfernen, damit Herr Karl Neiss Frau Ingeborg Fernheim, Verzeihung, Frau Ingeborg aus dem Hause Starkmat, heiraten kann. Dies ist die Frau, die Werner in heiliger Zeremonie geehelicht hat, sie hat ihm auch ein Kind geboren, und wenn es Gott zu sich genommen hat, so lebt doch noch sein Vater und will weiterleben, leben und weiterleben, nach all den Jahren, in denen er nicht wußte, was Leben war. Doch dieser Werner Fernheim, dieser Unglücksrabe, will nicht freiwillig aus dem Leben scheiden. Im Gegenteil, ein neues Leben sucht er. Gestern war ich am Grab unseres Sohnes. Meinst du, daß wir mit ihm alles begraben haben, was zwischen uns gewesen ist? Weine nicht, Tränen will ich nicht von dir.«

Plötzlich schlug er einen anderen Ton an: »Ich bin nicht gekommen, um mich dir gegen deinen Willen aufzuhalsen. Auch der Heruntergekommenste unter den Heruntergekommenen hat noch einen Funken Ehre. Aber das verstehst du doch, daß ich dich sehen, daß ich dich sprechen mußte; und wenn du mich nicht willst, mache ich mich davon. Vielleicht erwartet mich eine freundlichere Zukunft, als Herr Heinz Steiner und Frau Inge aus dem Hause Starkmat glauben. Mein Unglück ist noch nicht für alle Ewigkeit beschlossene Sache. Sag mir, Inge: ist er hier? Hab keine Angst vor mir. Ich will ihm nichts tun. Was vermag ich schon, wenn sogar die Berge mich ins Unglück stürzen.«

Stumm und traurig saß Inge da. Werner blickte sie zwei-, dreimal an. Sie hatte ein wenig zugenommen, seit er sie das letzte Mal gesehen hatte. Oder es sah nur so aus, weil sie Schwarz trug. Dieses schwarze Kleid, das sie trug, stand ihrer zarten Figur ausgezeichnet und paßte zu ihrem vollen blonden Haar. Ihr Hals glänzte weiß, doch die Freude, die in ihren Augen geglänzt hatte, war verschwunden. Fernheim wußte, daß nicht er zu dieser Freude Anlaß gegeben hatte, er, der aus der Kriegsgefangenschaft zurückgekehrt war, sondern daß die Freude in jenem Moment ausgelöst wurde, als Karl Neiss gekommen war. Obwohl er den Grund zuerst bedauert hatte, hatte ihn dieses Glück doch froh gemacht. Jetzt, da alle Freude von ihr gewichen war, hatte er Mitleid mit ihr.

Wieder hob er den Blick zu ihr. Gekrümmt saß sie da, das Gesicht in ihren Händen, die naß von Tränen waren. Plötzlich schrak sie in Panik auf, als ob sie eine Hand an der Schulter berührt hätte. Abwehrend hielt sie ihre Hände vor sich, wie um sich zu schützen, und sah ihn wütend an.

Werner sagte: »Und jetzt gehe ich.«

Inge erwiderte: »Geh in Frieden, Werner.«

Er sagte noch: »Gibst du mir nicht die Hand?«

Sie gab ihm zum Abschied die Hand.

Er ergriff ihre Hand und sagte: »Bevor ich dich verlasse, möchte ich dir noch etwas sagen.«

Sie entzog ihm ihre Hand und zuckte ablehnend mit den Schultern.

Werner begann: »Vielleicht lohnt es sich für dich trotzdem zuzuhören. Und wenn nicht um des Werners willen, der hier als ungebetener Gast steht, dann um jenes Werners willen, dem es vergönnt war, mit Ingeborg unter den Baldachin zu treten. Doch wenn du dich weigerst, will ich dich nicht drängen. Und jetzt ...«

»Und jetzt: geh in Frieden.«

»So soll es sein, in Frieden, Ingeborg, in Frieden.«

Als er sich zum Gehen wandte, blieb er stehen.

Sie starrte ihn an und wunderte sich, daß er nicht ging.

Werner sagte: »In jedem Fall ist es verwunderlich, daß du nicht ein wenig darüber hören magst, was ich durchgemacht habe.«

»Hast du es mir nicht erzählt?«

»Als ich angefangen habe zu erzählen, hattest du deine Ohren irgendwoanders.«

»Meine Ohren waren dort, wo sie immer sind, aber du hast überhaupt nichts erzählt. Wirklich, ich erinnere mich nicht, daß du irgend etwas erzählt hast.«

»Möchtest du, daß ich dir berichte?«

»Bestimmt hast du Gertrud oder Heinz berichtet, oder beiden zusammen.«

»Und wenn ich ihnen berichtet habe?«

»Wenn du ihnen etwas erzählt hast, werden sie es mir erzählen.«

»Wenn ich deine Gedanken richtig erfasse, dann willst du gar nicht zuhören.«

»Warum sagst du das? Ich habe doch ausdrücklich erklärt, daß Gertrud oder Heinz mir berichten werden, ich will ja zuhören.«

»Und wenn ich dir selbst berichte?«

»Wie spät ist es?«

Werner lächelte und sagte: »Lautet das Sprichwort nicht: dem Glücklichen schlägt keine Stunde?[1] Der Glückliche steht über der Zeit.«

»Auf solche Dinge kann ich keine Antwort geben«, erwiderte Inge.

»Und auf alles andere kannst du mir Antwort geben?«

»Das hängt von deinen Fragen ab. Aber jetzt habe ich Kopfweh, ich kann das Gespräch nicht fortsetzen. Und überhaupt ...«

»Überhaupt – was?«

»Du hast eine komische Art, dich an jedem Wort aufzuhalten.«

»Und das kommt dir komisch vor? Daß nach all den Jahren, in denen ich dich nicht gesehen habe, jedes Wort von dir Eindruck auf mich macht?«

Inge griff sich an den Kopf und stöhnte: »Mein Kopf, mein Kopf, setz mir nicht zu, Werner, wenn ich dich darum bitte, mich allein zu lassen.«

»Ich gehe schon. Siehst du meine Schuhe? Sie sind alt, aber bequem. Und du gehst mit der Mode und trägst dein Haar kurz. Man kann nicht sagen, daß es dir nicht steht, aber als es noch lang war, stand es dir besser. Wann ist der Junge gestorben? Ich war an seinem Grab und habe seinen Grabstein gesehen, aber ich habe das Datum vergessen. Weinst du? Mir ist auch zum Weinen, aber ich schlucke die Tränen hinunter, und wenn du mir in die Augen sehen würdest, fändest du nicht die Spur einer Träne. Sag dem Menschen, der an die Tür klopft, daß du nicht aufstehen und öffnen kannst, weil du Kopfweh hast. Siggi, bist du hier? Was möchtest du sagen, Siggi? Komm, mein kleiner Liebling, wir wollen uns versöhnen. Was hast du in der Hand? Einen Brief? Bist ein Briefträger, was, mein lieber Neffe?«

Siggi übergab seiner Tante den Zettel und ging weg.

Inge hielt den Zettel fest, während sie stirnrunzelnd Werner fixierte und sich die größte Mühe gab herauszufinden, aus welchem Grund dieser Mensch nicht seiner Wege ging. Er hätte wirklich schon von hier fortgehen sollen.

Dann wandte sie ihre Gedanken von ihm ab und sagte sich: »Ich bin es ja, die gehen muß, ich muß einfach gehen, es ist mir unmöglich, nicht zu gehen, schade um jeden Augenblick, da ich noch zögere.«

Fernheim kam ihr wieder in den Sinn, als sie dachte: »Er merkt gar nicht, daß ich gehen muß.«

Sie sah ihn an und sagte: »Entschuldige mich, Werner, man verlangt nach mir, ich muß gehen.«

»Woher weißt du, daß man nach dir verlangt?« erwiderte Werner, »der Zettel ist noch zusammengefaltet in deiner Hand, du hast keinen Blick hineingeworfen.«

Inge stand mit hängenden Schultern da, und es hatte den Anschein, daß sie sich seinem Willen beugte und es ihr gleichgültig war, ob sie gehen könnte oder nicht. Ihre Augen waren wie ausgelöscht, und die Lider fielen ihr zu.

Werner fragte leise: »Bist du müde?«

Inge öffnete die Augen und antwortete: »Ich bin nicht müde.«

Werner wurde plötzlich von neuem Leben erfüllt. »Gut, gut«, sagte Werner, »es ist gut, daß du nicht müde bist, und wir uns setzen und miteinander reden können. Du kannst dir nicht vorstellen, wie sehr ich den Moment herbeigesehnt habe, dich zu sehen. Wenn diese Hoffnung nicht gewesen wäre, hätte es mit mir schon lange ein Ende genommen. Jetzt stelle ich fest, daß die ganze Erwartung nichts war im Vergleich zu diesem Moment, da ich und du beieinander sitzen. Ich finde keine Worte, um es zu beschreiben, aber mir scheint, daß du einiges davon von meinem Gesicht abliest. Siehst du, mein Liebling, siehst du, wie sich meine Knie von selbst beugen, um vor dir zu knien? Genauso haben sie sich jedesmal niedergebeugt, sobald ich nur an dich dachte. Wie glücklich ich bin, daß ich wieder mit dir unter einem Dach vereint bin. Ich bin kein Mensch, der viele Worte macht, aber das sage ich dir: von dem Augenblick an, da ich über die Schwelle deines Zimmers trat, hat mich dieselbe Leidenschaft erfaßt wie an jenem Tag, als du mir deine Hand reichtest und einwilligtest, meine Frau zu werden. Erinnerst du dich noch an die Stunde, als du deinen Kopf auf meine Schultern legtest; du und ich, wir saßen zusammen, und deine Hand lag in meiner. Deine Augen waren geschlossen,

wie die meinen; ich schließe sie und lasse alles an mir vor-
überziehen, was an jenem unvergleichlichen Tag geschehen
ist. Wirf den Zettel weg, Inge, und gib mir deine Hand.
Meine Augen sind geschlossen, aber mit dem Herzen sehe
ich, wie gut du bist, wie gut du für mich bist.«

Inge zuckte die Schultern und ging hinaus.

Werner öffnete die Augen und rief: »Inge!«

Inge war bereits fort.

Fernheim war allein und sprach mit sich selbst: »Was
nun? Jetzt bleibt mir nichts anderes übrig, als von hier weg-
zugehen. Das ist eine klare Sache, alles andere dagegen ein
Kapitel für sich, wie mein werter Schwager sagen würde.«

Er hatte sich schon von allen Gedanken befreit, und die
Spannung, die er vorher empfunden hatte, ließ nach und
verschwand. Aber ihm brannten die Fußnägel und die Soh-
len. Die Schuhe waren anscheinend doch nicht so bequem,
wie er behauptet hatte.

Er steckte die Hand in die Tasche und holte die Fahrkarte
heraus. Mit der einen Hälfte war er zu seiner Frau gefahren,
die andere erlaubte ihm zurückzukehren. Während er die
Fahrkarte in der Hand hielt, sagte er sich: »Jetzt gehe ich
zum Bahnhof und reise ab. Wenn ich den Nachmittagszug
verpaßt habe, werde ich den Abendzug nehmen. Nicht nur
dem Glücklichen allein schlägt keine Stunde, sondern auch
dem Unglücklichen. Das Unglück ist jederzeit für ihn da.«

Kurze Zeit stand er noch in diesem Zimmer, das Inge verlassen hatte. Dann drehte er sich um und ging zur Tür. Er
warf noch einen Blick in das Zimmer, ging hinaus und
schloß die Tür.

ALS DER TAG BEGANN[1]

Nachdem die Feinde mein Haus zerstört hatten, nahm ich meine kleine Tochter in den Arm und floh mit ihr in die Stadt. Hastig und eilend hetzte ich dahin, Tag und Nacht von panischem Schrecken gejagt, bis ich am Vorabend des Versöhnungsfestes, eine Stunde vor Einbruch der Dunkelheit, den Hof der großen Synagoge erreichte. Berge und Hügel waren unsere Begleiter gewesen; sie verließen uns und blieben zurück, doch ich und das kleine Mädchen betraten den Hof. Aus der Tiefe war sie aufgetaucht, die große Synagoge, immer deutlicher zu erkennen, und links von ihr das alte Lehrhaus, dessen Tür direkt gegenüber der Tür des neuen Lehrhauses lag. Die Synagoge war das Bethaus, jene die Toraschule; sie waren mir zeitlebens vor Augen gewesen. Hatte ich sie tagsüber vergessen, dann wurden sie nachts unruhig und erschienen mir im Traum genauso wirklich, als läge ich wach. Und jetzt, da die Feinde mein Heim zerstört hatten, sind meine kleine Tochter und ich dorthin geflohen. Mir schien, daß meine Tochter nach allem, was sie über diese Stätten gehört hatte, sie kennen müßte. Der Hof war friedlich und still, Israel hatte bereits das Nachmittagsgebet beendet und saß zu Hause bei der letzten Mahlzeit vor dem Festtag, um sich für das am nächsten Morgen anstehende Fasten zu rüsten, damit sie gesund und im Vollbesitz ihrer Kräfte Buße tun könnten.

Ein kühler Wind wehte durch den Hof, umfaßte die in seinen dicken Mauern harrende Hitze, und ein blasser Dunst stieg kreisend die Stufen der Synagoge hinauf, jene Art

Dunst, der von den kleinen Kindern »Hauch aus dem Mund der Dienstengel«[2] genannt wird.

Ich verdrängte alles, was uns die Feinde angetan hatten, und besann mich auf das bevorstehende Fest des Versöhnungstages, jenes heiligen Feiertages, der ganz von Liebe, Zuneigung, Erbarmen und Gebet erfüllt ist. An jenem Tag ist das Gebet des Menschen beliebter, willkommener und wird eher erhört, als an allen anderen Tagen. Würde doch nur ein Vorbeter bestimmt, der würdig wäre, vor dem Toraschrein die Gebete anzustimmen! In den letzten Generationen gab es immer weniger Vorbeter, die wirklich zu beten verstehen, doch nahm die Zahl jener Kantoren zu, die durch den Gesang ihrer eigenen Kehle Ehre verschaffen wollen, aber einen nur langweilen. Ich hatte wirklich eine Stärkung nötig, und – unnötig zu erwähnen – meine kleine Tochter erst recht, ein Kind, das von zuhause weggerissen war.

Ich schaute ihr zu, meiner kleinen Tochter, wie sie ängstlich ihre kleinen Hände an der Gedächtniskerze wärmte, die im Hof angezündet worden war. Als sie meinen Blick auf sich ruhen fühlte, sah sie mich an wie ein geängstigtes Kind, das ganz klein vor seinem Vater steht und dessen Verwirrung und Mutlosigkeit bemerkt.

Ich nahm sie an der Hand und sagte zu ihr: »Gleich werden gute Menschen kommen und mir einen Gebetmantel geben, silberverziert, so wie der, den die Feinde zerrissen haben. Du erinnerst dich doch an meinen schönen Gebetmantel, den ich über deinem Kopf auszubreiten pflegte, wenn die aus priesterlichem Geschlecht vor der Gemeinde den Segen über Israel sprachen? Man wird mir ein großes Festgebetbuch voller Gebete geben. Ich werde mich in meinen Gebetmantel hüllen, das Festgebetbuch zur Hand nehmen und zu Gott beten, der uns aus der Hand all unserer Feinde, die uns nach dem Leben trachteten, errettet hat. Und was werden sie dir bringen, mein Töchterchen, mein Seelchen? Dir, mein Herzenskind, werden sie ein kleines Gebetbuch voller Buchstaben bringen, das ganze Alphabet mit seinen Vokalzeichen steht darin. Nun sag, liebes Kind, wenn Aleph (א) und Bet (ב) zusammengenommen werden und darunter das Vokalzeichen Kamatz (.) für a steht, wie heißt es dann?« »Av«, antwortete meine Tochter. »Und was bedeutet das?« fragte ich sie. Meine Tochter erwiderte: »Vater. So wie du zum Beispiel mein Vater bist.« »Das hast du schön erklärt«, sagte ich, »genauso ist es: Aleph mit Kamatz punktiert und Bet ohne Dagesch ergibt Av.

Und jetzt, mein Kind, sag mir: Welcher Vater ist größer als alle anderen Väter? – Das ist unser Vater im Himmel. Er ist mein Vater, und dein Vater ist er auch. Er ist der Vater der ganzen Welt. Siehst du, meine Tochter, im Gebetbuch stehen zwei kleine Buchstaben für sich, als ob sie ganz allein stünden, dann kommen sie zusammen, verbinden sich miteinander, und siehe da, was bedeuten sie? Vater! Nicht etwa nur diese Buchstaben allein, sondern alle Buchstaben bilden Wörter, sobald sie sich verbinden, und aus den Wörtern entstehen Gebete. Die Gebete steigen hinauf zu unserem Vater im Himmel, der uns aufmerksam zuhört, wenn wir beten, solange nur das Herz dabei mit dem göttlichen Licht verbunden ist wie eine Flamme mit der Kerze.«

Während ich noch dastand und von der Kraft der Buchstaben sprach, blies ein Wind durch den Hof und traf die Gedächtniskerze, die dort brannte. Der Windstoß kippte sie um, und sie fiel auf meine Tochter. Das Feuer griff auf ihr Hemd über. Ich zerriß ihr Hemd, weil das Feuer an ihm fraß, und das Mädchen war nackt, denn von all ihren hübschen Kleidern, die sie besessen hatte, war ihr nichts als das

Hemd auf dem Leib geblieben, da wir in panischem Schrekken »wie vom Schwert gejagt« (Lev 26,36) geflohen waren
und nicht das Geringste mit uns genommen hatten. Und
nun, da ihr Hemd ein Raub der Flammen war, hatte ich
nichts mehr, worin ich sie hätte einhüllen können.

Ich wandte mich hierhin und dorthin und suchte nach etwas, womit sich meine Tochter einhüllen könnte. Ich
suchte, doch ich fand nichts. Wohin ich auch blickte, überall war nur Leere. Ich sagte mir: »Ich werde zur *Geniza*³ gehen, wo die beschädigten heiligen Schriften aufbewahrt
werden, vielleicht werde ich dort etwas finden.« Als Junge
hatte ich oft dort herumgestöbert und vielerlei Schriften gefunden. Manchmal fand ich das Ende einer Schrift und
manchmal den Anfang oder das, was dazwischen war. Doch
als ich mich jetzt dorthin begab, fand ich nichts, worin ich
meine kleine Tochter hätte einhüllen können. Sei nicht überrascht, daß ich nichts fand. Solange Bücher gelesen wurden,
haben sie auch Schaden genommen, aber nun, da keine Bücher mehr gelesen werden, werden sie auch nicht mehr beschädigt.

Voll Sorge und Angst stand ich da. Was kann ich für
meine Tochter tun, womit kann ich ihre Blöße bedecken?
Die Nacht nahte, und mit Anbruch der Nacht kommt auch
der Nachtfrost, und ich hatte nichts, nicht einmal eine
Decke, um meine Tochter einzuhüllen. Ich erinnerte mich
an das Haus von Rabbi Alter, der in Israel eingewandert
war. Ich sagte mir: »Ich werde zu seinen Söhnen und Töchtern gehen und sie um ein Kleid bitten.« Ich ließ meine
Tochter wie sie war und suchte die Söhne und Töchter von
Rabbi Alter auf. Wie schön es sich geht, wenn man nicht
verfolgt wird. Behaglich geht man über den Boden, der einem leicht wird und nicht unter den Füßen brennt, und der

Himmel verhöhnt einen nicht. Aber statt weiterzugehen, rannte ich: zwar waren keine Verfolger hinter mir her, aber die Zeit drängte, da die Sonne kurz vor dem Untergang war und man sich nun zum Abendgebet einfinden sollte. Ich beeilte mich, zu Rabbi Alters Haus zu gelangen, bevor sich dort alle Leute auf den Weg zur Synagoge begeben würden.

Es ist gut, sich in der Stunde der Not an das Haus eines Freundes zu erinnern. Rabbi Alter, er ruhe in Frieden, hatte meine Beschneidung durchgeführt, und wir waren einander in Liebe verbunden. Solange Rabbi Alter noch lebte, pflegte ich bei ihm ein- und auszugehen, besonders in der ersten Zeit, als ich mit seinem Enkel Gad zusammen lernte. Rabbi Alters Haus ist so klein, daß du dich erstaunt fragst, wie ein solch großer Mann hier gewohnt haben könne. Doch Rabbi Alter war ein weiser Mann, der sich selbst für gering erachtete, so daß sein Haus groß wirkte.

Das Haus war auf einem der niedrigen Hügel erbaut worden, die die Synagoge umgaben. Es hatte einen lehmgebrannten Vorbau, der wie eine Bank an die Mauer des Hauses angebaut war. Auf dieser Bank saß gewöhnlich Rabbi Alter, er ruhe in Frieden, mit seiner langen Pfeife im Mund, aus der ringförmig der Rauch aufstieg und zum Himmel schwebte. Oft stand ich dabei und hoffte, daß die Pfeife vielleicht ausginge, so daß ich ihm Feuer geben könnte. Mein Großvater, er ruhe in Frieden, hatte ihm diese Pfeife anläßlich meiner Beschneidungsfeier gegeben. Rabbi Alter sagte zu mir: »Dein Großvater kennt sich mit Pfeifen gut aus, für jeden Mund findet er die passende Pfeife.« Und während Rabbi Alter mit mir sprach, strich er sich über den Bart, wie einer, der genau weiß, daß ihm diese Pfeife gebührt, obwohl er ein bescheidener Mensch war. Rabbi Alters Bescheidenheit zeigt sich auch darin, daß er einmal am Freitagabend vor Einbruch der Dunkelheit wegen des Sabbatbeginns seine Pfeife mit den Worten ausmachte: »Dein Großvater braucht seine Pfeife nicht auszumachen. Er versteht es, so lange oder so kurz zu rauchen, wie es die Zeit erfordert.«

Ich betrat also Rabbi Alters Haus und traf seine Tochter an. Bei ihr war eine kleine Gruppe alter Männer und Frauen, die nahe am Fenster saßen, während ein alter Mann, dessen Gesicht einer verschrumpelten Birne glich, stehend einen Brief vorlas. Alle hörten aufmerksam zu und trockneten sich die Augen. Weil schon so viele Jahre vergangen waren, hielt ich Rabbi Alters Tochter irrtümlich für ihre Mutter. »Was ist hier los?« fragte ich mich, »am Vorabend des Versöhnungsfestes bricht die Nacht an und diese Leute haben kein Lebenslicht[4] angezündet! Und was ist das für ein Brief? Ob er von Rabbi Alter ist? Aber der ist ja schon gestorben. Möglicherweise von seinem Enkel, meinem Freund Gad? Vielleicht ist eine Nachricht von Rabbi Alters Enkel gekommen, meinem Freund Gad, der sich früh am Morgen zum Lehrhaus aufzumachen und spät von dort zurückzukehren pflegte.« Eines Tages machte er sich früh auf und kehrte nicht zurück. Man sagt, daß ihn seine Amme zwei Nächte vor seinem Verschwinden im Traum gesehen hätte, wie die Feder eines fremdartigen Vogels aus seinem Kopf hervorschaute, und wie die Feder dabei geschrien hätte: »A, B, C, D.« Rabbi Alters Tochter faltete den Brief zusammen und steckte ihn hinter den Spiegel. Ihr Gesicht, das sich darin spiegelte, war das Gesicht einer alten Frau, auf der die Last ihrer Jahre liegt; und neben ihrem Gesicht zeichnete sich auf dem Spiegel mein eigenes Gesicht ab, grün wie eine unvernarbte Wunde.

Ich wandte mich vom Spiegel ab, blickte auf die restlichen alten Männer und Frauen, die in Rabbi Alters Haus waren und wollte etwas zu ihnen sagen. Doch meine Lippen bebten wie bei einem Mann, der reden will und etwas sieht, das ihm Angst macht.

Einer der alten Männer sah mein Entsetzen. Mit einem Finger klopfte er auf seine Brille und sagte: »Du blickst auf unsere zerrissene Kleidung. Für Leute wie uns reicht es, wenn sie noch die Haut auf dem Fleisch haben.« Die anderen alten Männer und Frauen hörten das und nickten; doch während sie nickten, zitterte die Haut auf ihrem Fleisch. Ich ging rückwärts hinaus.

Enttäuscht und mit leeren Händen ging ich weg, ohne Kleid, mit nichts, und kehrte zu meiner Tochter zurück. Ich fand sie eng an die Wand gedrückt in einem entlegenen Winkel des Hofes, dort, wo das Reinigungsbrett war, auf dem die Toten gewaschen werden. Sie wurde von ihrem aufgelösten Haar eingehüllt. Wie groß ist deine Güte, Herr, daß du so einem kleinen Mädchen die Weisheit gegeben hast, sich in ihre Haare einzuhüllen, nachdem ihr Hemd in Flammen aufgegangen ist, denn es war gut, daß sie sich mit ihren Haaren bedeckte, solange ihr nichts gebracht wurde, womit sie sich bedecken könnte. Doch wie groß war die Trauer, die mich in dieser Stunde umfing, da jener heilige Feiertag begann: das ganze Jahr über kennt man nicht solche Freude wie an diesem Tag, und nun war er so freudlos, nicht das geringste Anzeichen von Freude gab es, nur Kummer und Leiden.

Allmählich vernahm man die Schritte der Synagogenbesucher, die mit langen Strümpfen und Filzschuhen über die Steinstufen glitten; in ihren Händen hielten sie Gebetmäntel und weiße Festgewänder. Mit meinem Körper bedeckte ich meine kleine Tochter, die in der Kälte fror, und ich streichelte ihr Haar. Wieder untersuchte ich die *Geniza*, in der die beschädigten Bücher aufbewahrt wurden, und in der ich als junger Mensch Erstaunliches und Wunderbares unter den Fragmenten hervorgeholt hatte. Ich erinnere mich an ein paar bestimmte Zeilen, sie lauteten etwa so: »Manchmal hat sie die Gestalt einer alten Frau, manchmal die Gestalt eines Mädchens. Und wenn sie in der Gestalt eines Mädchens erscheint, dann denke nicht, daß deine Seele so rein wie die eines Mädchens sei, vielmehr soll damit angedeutet werden, wie sehr es sie danach verlangt, wie sehr sie sich danach sehnt und den Wunsch hat, in den Zustand der Reinheit ihrer Kindheit zurückzukehren, als sie noch ohne Sünde war. Nur ein Narr vertauscht das Bedürfnis mit der Form. Der Weise setzt an die Stelle des Bedürfnisses den Willen.«

Ein langer Mensch mit einem roten Bart kam daher, er stocherte zwischen seinen Zähnen nach den Resten der letzten Mahlzeit vor dem Fasten, streckte seinen Bauch heraus, um sich Platz zu verschaffen und stand da wie jemand, der weiß, daß Gott nicht so schnell das Weite suchen würde, so daß kein Grund vorlag, sich zu beeilen. Er schaute uns kurz an, musterte uns von oben bis unten. Dann sagte er etwas Doppeldeutiges.

In meinem Zorn, der sich auf meine Hände übertrug, ergriff ich seinen Bart und begann, ihn an den Haaren zu reißen. Baß vor Erstaunen blieb er stehen, ohne sich zu rühren. Zu Recht wunderte er sich darüber, daß jemand, der so klein war wie ich, die Hand gegen einen so großen Mann wie ihn erhob. Auch ich war verwundert, daß ein schwacher Mensch wie ich die Hand gegen jemand mit so einem Körperbau erhob; hätte er Hand an mich gelegt, wäre ich wohl kaum mit heiler Haut davongekommen.

Noch einer kam, groß und gut gebaut. Er rühmte sich

meiner Freundschaft. Meine Augen hingen an ihm, voller Hoffnung, daß er zwischen uns träte. Er nahm seine Brille ab, putzte die Gläser und setzte sie auf die Nase. Das Weiße in seinen Augen verfärbte sich grün, und seine Augengläser glänzten wie glatte Schuppen. Wie er dastand und uns anblickte – als ob er sich aus reinem Vergnügen ein Schauspiel ansähe.

Ich hob meine Stimme, schrie ihn an: »Ein Feuer ist ausgebrochen und hat das Hemd meiner Tochter verbrannt, sie steht in der Kälte und friert!« Er nickte und putzte wieder seine Brille. Aufs neue glänzten seine Augengläser wie glatte Schuppen, und seine Augen verfärbten sich in ein Grün, wie es auf der Wasseroberfläche erscheint. Noch einmal rief ich: »Nicht genug, daß man uns keine Kleidung bringt, man beschimpft uns auch noch!« Er nickte, wiederholte meine Worte, wie jemand, der eine schöne Geschichte gehört hat und sie wiederholt. Während er meine Worte wiederholte, wandte er seine Augen von mir ab, damit er mich nicht ansehen müßte, und damit der Eindruck entstünde, er selbst hätte diese Geschichte erfunden. Doch der Zorn auf meinen Feind verrauchte, ich war nicht länger wütend auf ihn, der sich als mein Freund gerühmt hatte, denn alles, was mir passiert war, erzählte er, als ob es eine von ihm erfundene Geschichte wäre.

Meine Tochter begann zu weinen und sagte: »Laß uns von hier fliehen.« »Was redest du«, erwiderte ich, »siehst du nicht, daß das Fest schon anfängt, daß wir im Begriffe sind, den heiligen Feiertag zu feiern? Und wenn wir fliehen würden, wohin könnten wir uns retten und wo verbergen?«

Wo könnten wir uns verbergen? Unser Haus ist zerstört, Feinde versperren die Wege, und wenn ein Wunder geschähe, und wir gerettet würden – können wir uns denn auf

Wunder verlassen? Hier stehen die beiden Lehrhäuser und die große Synagoge, in denen ich Tora gelernt und gebetet habe; und hier ist die *Geniza*, in der die abgenutzten Bücher aufbewahrt werden. Als kleiner Junge pflegte ich hier zu stöbern und fand allerlei. Ich weiß nicht, warum wir heute nichts gefunden haben, aber ich erinnere mich, daß ich hier auf etwas Großartiges über Bedürfnis, Form und Wille gestoßen bin. Wären nicht die Anforderungen[5] des Tages, dann würde ich dir die Sache voll und ganz erklären, und du würdest erkennen, daß es sich nicht um ein Gleichnis handelt, sondern wörtlich zu verstehen ist.

Ich blicke auf mein kleines Mädchen, wie sie vor Kälte zitternd dastand, da sie keine Kleider mehr hatte, nicht einmal ein Hemd war ihr geblieben; Nachtfrost setzte ein, und von den Bergen war bereits der Gesang der Wintervögel zu hören. Ich blickte auf meine Tochter, mein Herzenskind, wie ein Vater, der seine kleine Tochter betrachtet, und ein liebevolles Lächeln umspielte meinen Mund. Dieses Lächeln kam zur rechten Zeit, es nahm ihr die Angst, und sie fürchtete sich nicht mehr. Ich stand nun mit meiner Tochter in dem offenen Vorhof der großen Synagoge und der beiden Lehrhäuser, die nie zur Ruhe kamen und mir nachts im Traum erschienen; doch heute standen sie wirklich vor mir. Die Tore der Bethäuser waren offen, aus allen drei Bethäusern erklang der Gesang der Betenden. Wohin sollten wir schauen, wohin unsere Ohren wenden?

Der Augen zu sehen und Ohren zu hören gibt, lenkte meinen Blick und mein Gehör auf das alte Lehrhaus. Viele Juden waren in dem alten Lehrhaus versammelt, die Tore des Toraschreins waren offen, und der Schrein war voll von alten Torarollen, unter denen eine neue hervorstach, die mit einem roten Mantel mit silbernen Punkten umhüllt war. Diese Rolle hatte ich geschrieben, damit eine Seele aus vergangener Zeit erlöst würde, sie hatte ein silbernes Toraschild, und auf dem Schild leuchteten eingravierte Buchstaben. Obwohl ich weit weg stand, sah ich, um was für Buchstaben es sich handelte. Ein dickes Band war vor die Rolle gespannt, damit sie nicht rutschte oder fiel.

Von ganz allein war meine Seele schwach geworden, und ich stand und betete wie alle, die in einen Gebetschal eingehüllt waren und rituelle Kleider trugen. Auch mein kleines Mädchen, das eingeschlummert war, wiederholte im Schlaf jedes einzelne Gebet mit süßen Melodien, wie sie noch kein Ohr jemals gehört hat.

Ich erzähle nicht zuviel, ich übertreibe nicht.

DIE NACHT

Bei Einbruch der Nacht ging ich nach Hause, das heißt zu dem Hotelzimmer, das ich für mich und meine Frau genommen hatte. Da ich wußte, daß meine Frau von der Reise müde war und schlafen wollte, beeilte ich mich, um ihren Schlaf nicht zu stören.

Die Straßen waren überfüllt von Neueinwanderern aus aller Herren Länder. Jahrelang waren sie in die Vernichtungslager eingepfercht gewesen, oder in Wäldern, auf Bergen, durch Niederungen und an Seen herumgeirrt, ohne einen einzigen Lichtstrahl zu sehen; und jetzt, da sie aus dem Dunkel ins Licht getreten waren, starrten sie in diese Helligkeit und wunderten sich, ob man die Lichter nur aus Nachlässigkeit nicht ausgemacht hatte, oder was die Herrschenden sonst damit bezweckten.

Ein alter Mann kam auf mich zu. Er hatte einen grünlichen Mantel an, der ihm bis an die Knie reichte, und der jenem Mantel glich, den ein Buchhändler in unserer Stadt, Herr Halbfried, so lange ich ihn gekannt habe, immer getragen hat. Der Mantel war verblichen, aber noch nicht auseinandergegangen. Wenigstens haben, was Mäntel betrifft, die kurzen den langen etwas voraus, denn die langen reichen bis zum Boden und nützen sich ab, während die kurzen so weit über dem Boden im Wind wehen, daß sie nicht verschlissen werden, und selbst wenn sie mit der Zeit anders aussehen, bleibt ihr Saum doch so, wie ihn der Schneider genäht hat, in scheinbar unveränderlicher Vollkommenheit.

Während ich noch überlegte, ob es vielleicht wirklich

Herr Halbfried wäre, musterte er mich mit seinen müden Augen und sagte: »Seit dem Tag meiner Ankunft suche ich Sie. Nun habe ich Sie gefunden, und das macht mich doppelt froh, erstens weil ich einen Menschen aus meiner Heimatstadt wiedersehe, und zweitens, weil Sie dieser Mensch sind.« Vor lauter Freude vergaß jener Alte, mich zu begrüßen, und begann statt dessen, die Namen einer Reihe von Leuten aufzuzählen, die er nach mir gefragt hätte, nicht ohne sich bei jedem einzelnen darüber zu wundern, daß sie mich nicht kennen würden, und wenn er mich nicht augenblicklich erkannt hätte, wäre er an mir vorbeigegangen, als ob wir nicht beide aus derselben Stadt kämen. Da er die Rede auf unsere Stadt gebracht hatte, begann er, über die Vergangenheit zu sprechen, über die Zeit, als ich neben ihm gewohnt hatte, und sein Geschäft, der Buchladen, voller Bücher gewesen war, die die Gebildeten der Stadt zusammengeführt hatten, da sie bei ihm ein- und ausgegangen waren, und über alles, was in der Welt vorgegangen war und noch geschehen würde, diskutiert hatten, voller Erwartung, daß die Welt sich zum Besseren wandeln würde. Und ich, ein kleiner Junge, der in den Büchern gestöbert hatte und plötzlich die Leiter hinaufgeklettert war, hatte lesend oben gestanden, ohne zu bemerken, in welche Gefahr ich mich gebracht hatte, denn wenn jemand an die Leiter gestoßen wäre, dann hätte die Leiter geschwankt, und ich wäre gefallen. All die Bücher in dem Laden hatten mir wohl nicht genügt, denn ich hatte ihn gebeten, mir das »Lied vom befreiten Jerusalem« zu bestellen. Er wußte nicht mehr genau, ob ich nach Israel ausgewandert war, nachdem er das »Lied vom befreiten Jerusalem« schon bestellt hatte, oder ob ich hierher eingewandert war, bevor er noch die Bestellung aufgegeben hatte.

Noch etwas, sagte Herr Halbfried, müsse er erwähnen. Als man einmal meine ersten Gedichte jenem alten Kabbalisten und Verfasser zweier Kommentare zum Gebetbuch gezeigt hätte, hätte er einen Blick darauf geworfen und auf aramäisch gesagt: »Wie die Schlange, deren Gewand ein Teil von ihr ist.«[1] Die Gebildeten der Stadt hätten sich sehr bemüht, diese Worte zu verstehen, aber erfolglos. Er staune immer noch, warum sie nicht in den Wörterbüchern nachgesehen hätten, um die Erklärung zu verstehen. Am meisten wundere er sich aber über sich selbst, da er so viele Wörterbücher in seinem Laden hatte, die er zu Hilfe hätte nehmen können und doch nicht nachgeschlagen hatte.

Endlich unterbrach er seine Erinnerungen und fragte mich, ob ich etwas gegen seinen Bruder hätte. Warum? Sein Bruder wäre gerade vorübergegangen, hätte mich gegrüßt, und ich hätte ihm keine Beachtung geschenkt.

Die letzten Worte von Herrn Halbfried verwirrten mich und stimmten mich traurig. Tatsächlich hatte ich niemanden bemerkt, der mich gegrüßt hätte; der letzte, schien mir, der uns hier über den Weg gelaufen war, war doch Herr Halbfried selbst gewesen. Doch um ihm keinen Anlaß zu geben, mich der Überheblichkeit gegenüber Grüßenden zu verdächtigen, sagte ich: »Sie können mir glauben, ich habe Ihren Bruder nicht bemerkt. Wenn ich ihn bemerkt hätte, hätte ich ihn zuerst gegrüßt.« Herr Halbfried begann wieder von der Vergangenheit zu erzählen, von seinem Buchladen und von den Leuten, die sich dort eingefunden hatten. Herr Halbfried sprach über jeden, den er erwähnte, mit großer Wärme, so wie man früher über gute Freunde redete, vor dem Krieg, aber diese Zeiten sind endgültig vorbei.

Kurz darauf hielt Herr Halbfried inne und sagte: »Ich verlasse dich jetzt, ich will dich nicht davon abhalten, je-

manden zu treffen, der auf dich wartet.« Herr Halbfried
schüttelte mir zum Abschied die Hand und ging.

Diesen jemand, auf den Herr Halbfried angespielt hatte,
gab es nicht, niemand wartete auf mich. Jedenfalls gab mir
der Irrtum, in dem Herr Halbfried befangen war, Gelegenheit, mich von ihm rechtzeitig höflich zu verabschieden, so
daß ich meine Frau nicht im Schlaf stören müßte.

Herr Halbfried hatte sich nicht geirrt. Nachdem ich mich
von ihm verabschiedet hatte, hielt mich ein Unbekannter
auf dem Weg an. Er bohrte seinen Stock in die Erde, stützte
sich mit beiden Händen auf ihn und sah mich an. Dann hob
er eine Hand an seine Mütze, eine runde Mütze aus Lamm-
fell, und während er seine Hand zum Gruß an die Mütze
hob, sagte er: »Erkennen Sie mich nicht?« Ich sagte mir:
»Warum soll ich ihm sagen, daß ich ihn nicht kenne?« Ich
blickte ihn freundlich an und antwortete: »Natürlich kenne
ich Sie, Sie sind doch ...« Er unterbrach mich: »Ich wußte,
daß Sie mich erkennen, wenn nicht um meinetwillen, so
doch wegen meines Sohnes. Was halten Sie von seinen Liedern?« Seinen Worten entnahm ich, daß er der Vater von jemand war, der mir einen Band mit seinen Liedern geschickt
hatte. Ich sagte mir: »Warum soll ich ihm sagen, daß ich sie
mir nicht angesehen habe?« Ich schaute ihn freundlich an
und sagte etwas Unverbindliches. Aber der Vater gab sich
mit der Antwort nicht zufrieden. Ich dachte: »Ich kann ja
ein paar nette Worte hinzufügen.« Also schloß ich noch einige Komplimente an. Er war damit nicht zufrieden und begann, sich in Lobeshymnen auf seinen Sohn zu ergehen. Ich
nickte zu allem, was er sagte. Ein unbeteiligter Zuschauer
hätte meinen können, daß das Lob aus meinem Mund
käme.

Nachdem er seine Lobreden auf seinen Sohn beendet

hatte, sagte er: »Sicher wollen Sie meinen Sohn kennenlernen. Gehen Sie zum Konzerthaus, dort werden Sie ihn finden. Mein Sohn ist überall beliebt, alle Türen stehen ihm offen, nicht nur, was die Musik betrifft, wie ich wohl nicht betonen muß, sondern in jedem Haus ist er willkommen. Sollte mein Sohn auf einer Maus reiten wollen, so würde die Maus den Schwanz vor ihm senken und ihm einen glücklichen Ritt wünschen. Ich würde wirklich gern zu dem Konzert gehen, die Crème de la crème unserer Intelligenz wird sich dort einfinden, doch wenn man sich keine Karte besorgt hat, wird einem die Tür vor der Nase zugemacht.« Während er das sagte, rieb er zwei Fingerspitzen aneinander und schnalzte, wie jemand, der mir durch sein Fingerspiel zu verstehen gibt, daß hier klingende Münze erforderlich ist, das heißt hörbares Geld.

Ich war still und sagte keine Wort. Mich hatte schon seit Jahren nichts mehr dazu gebracht, ins Konzert zu gehen. Es ist mir unerklärlich, warum sich solche Menschenmassen an einem bestimmten Tag und zu einer festgesetzten Stunde in einem besonderen Haus versammeln, um irgendwelchen Gesängen zu lauschen. Aber am unverständlichsten ist mir die Bereitschaft der Sänger, ihr Lied genau dann zu intonieren, wenn sich die Kartenkäufer zum Zuhören gesetzt haben. Ich komme aus einer kleinen Stadt, dort singen die Menschen, wenn ihnen danach zumute ist; nicht wie hier, wo ein Impresario für einen Sänger einen Liederabend für wohlhabende Leute organisiert, die sich die Eintrittskarten leisten können. Da ich sah, wie sehr sich jener Unbekannte danach sehnte, ins Konzerthaus zu gehen, überlegte ich, wie ich ihm helfen könnte, und sagte mir: »Ich werde ihm eine Karte kaufen.« Er erriet meine Absicht und sagte: »Ich werde nicht ohne Sie gehen.« Ich fragte mich, ob ich ihn begleiten sollte, und sagte dann: »Also gut, ich werde zwei Karten besorgen, und wir werden zusammen hingehen.« Er griff um sich ins Leere, als wäre die Luft voller Eintrittskarten. Wieder schnalzte er mit Daumen und Zeigefinger und machte ein Geräusch, als ob jemand eine Flasche entkorkte.

So gingen wir zusammen weiter, und er pries das Konzerthaus, wo man ganz von der Musik mitgerissen würde. Dann rühmte er das Instrument jenes Geigers, dessen Geigenkasten allein schon wertvoller war als alle anderen Violinen zusammen. Danach schwärmte er wieder von seinem Sohn, dem die Reime nur so zuflogen, damit er Worte zu Paaren verbinde. Schließlich kam er auf die Karten zurück, die einem freien Zutritt verschaffen. Plötzlich begann er zu fürchten, daß seine Mühe vergeblich wäre, da ich ja, selbst wenn ich vorhätte, ihm eine Karte zu besorgen, aber alle bis auf eine verkauft wären, diese für mich beanspruchen und ihn leer ausgehen lassen könnte. Inzwischen hatte uns unser Weg zu meinem Hotel geführt.

Ich sagte: »Warten Sie auf mich, ich will die Kleider wechseln, dann gehen wir ins Konzert.« Er stützte sich mit beiden Händen auf seinen Stock, den er vor sich in den Boden gebohrt hatte, und wartete.

Ich ließ ihn draußen stehen und sagte zu dem Portier: »Ich brauche zwei Karten für das Konzert.« Der Portier erwiderte: »Ich habe Karten für zwei gute Plätze, die der Herzog Ilivo bestellt, aber nicht abgeholt hat, weil er verhindert ist. Er wurde zum Monarchen beordert.« Im Flüsterton teilte der Portier mir dann mit, daß der Monarch heimlich in der Stadt angekommen sei und von dem größten Teil seines Hofstaates begleitet wurde: von Herzögen, Baronen und Offizieren, und einige von ihnen hätten die Güte gehabt, hier in diesem Hotel Quartier zu beziehen.

Ich nahm die Karten und ging zu meinem Zimmer hinauf. Die Tür ließ ich offen, damit die Korridorlampen den Raum erhellten, und ich nicht im Zimmer Licht anmachen müßte, denn meine Frau hatte sich schon schlafen gelegt. Ich bewegte mich Schritt für Schritt mit äußerster Behutsamkeit voran, um ihren Schlaf nicht zu stören. Schmerzlich überrascht mußte ich feststellen, daß ein Mann im Zimmer war. Wer zum Teufel besaß die Frechheit, sich bei Nacht und Nebel in mein Zimmer zu schleichen? Würde sich nicht gleich die Erde auftun und ihn verschlingen, so würde ich ihn eigenhändig packen und mit scharfen Worten hinauswerfen.

Ich näherte mich ihm und sah, daß es Moishele war, ein Verwandter von mir. Moishele war mit mir aufgewachsen, wir hatten gemeinsam schwere Zeiten durchgemacht, bis er dann eingezogen und als Krüppel wieder entlassen worden war. Wir hatten geglaubt, daß er in Auschwitz vergast und verbrannt wäre. Und nun stand er lebendig in meinem Zimmer.

Ich sagte: »Wer hat dich hierher gebracht?« Er antwortete: »Meine Not hat mich hierher geführt. Ich bin von Abfallhaufen zu Abfallhaufen geirrt, ohne ein Dach über dem Kopf zu haben, doch sobald ich gehört habe, daß du hier bist, bin ich hierher geeilt, denn sicher werde ich bei dir einen Platz zum Schlafen finden.«

Ich erwiderte: »Habe ich denn ein Haus, daß du mich bittest, bei mir zu übernachten? Ich selbst bin nur wie ein Gast zur Nacht hier untergekommen, das siehst du doch.«

»Ich bitte dich nur, mir ein wenig Platz auf dem Fußboden zu überlassen.«

Ich fing an, mich über ihn lustig zu machen. In einem Hotel, das Herzöge und Barone beherbergt, möchte ein Bettler sein Lager auf dem Fußboden aufschlagen.

Ich weiß nicht, ob sein Verstand die Logik meiner Worte begriff, und ob er sich zu Herzen nahm, was ich sagte, jedenfalls machte er sich auf und ging.

Ich trat ans Fenster um zu sehen, wohin er ging. Ich sah, wie er sich unter den Peitschenschlägen der fürstlichen Droschkenkutscher duckte. Ich rief seinen Namen, aber er gab keine Antwort. Ich rief noch einmal nach ihm, doch er antwortete nicht; er hörte mich nicht, da er genug damit zu tun hatte, seine Haut zu retten. Ich wollte lauter rufen. Mein Blick fiel auf meine schlafende Frau, und ich ließ es bleiben. Doch es war gut, daß ich nicht laut nach ihm gerufen hatte, denn dann wären auch die restlichen Kutscher, die ihn noch nicht geschlagen hatten, auf ihn aufmerksam geworden und hätten ihn genauso traktiert wie ihre Kollegen.

Ich sah Moishele nach, bis er außer Sichtweite war. Dann ging ich zum Kleiderschrank, um einen Anzug herauszuholen.

Zwei kleine Kinder traten ein und hüpften um mich herum. Als ich die Schranktür öffnete, um meinen Anzug herauszunehmen, sprang eines der Kinder hinein, und sein Bruder war gleich zur Stelle, um die Tür hinter ihm zu schließen. Ich war verwirrt und unschlüssig, was ich tun sollte. Ich konnte unmöglich mit ihnen schimpfen, sie waren Söhne eines Fürsten oder Herzogs. Genausowenig konnte ich sie hier zurücklassen und weggehen, da sie meine Frau aufwecken würden.

Ihr Kindermädchen kam und half mir aus meiner Not. Sie sagte zu ihnen: »Junge Herren, erlaubt mir gütigst, Euch zu sagen, daß es Königssöhnen nicht ansteht, ein fremdes Zimmer zu betreten.«

Ich entschuldigte mich bei der Gouvernante dafür, daß ich die Tür offengelassen und verursacht hätte, daß die beiden Königskinder mein Zimmer betraten. Ich erzählte ihr noch, daß ich in ein Konzert gehen wolle, und nur gekommen wäre, um mir etwas anderes anzuziehen.

Die Dame musterte meine Kleidung und meinte: »Mit diesem Halskragen können Sie unmöglich unter die Leute gehen.« Ich erwiderte: »Daran habe ich auch schon gedacht.« Sie sagte: »Sicher werden Sie unter ihren Sachen einen anderen Kragen finden.« »Wahrscheinlich«, meinte ich. »Dann nehmen Sie sich doch einen anderen Kragen«, sagte sie. Ich erwiderte: »Ich fürchte fast, daß der Prinz, als es ihm gefiel, in meinen Schrank einzudringen, auf meine Halskrägen getreten ist, so daß sie schmutzig geworden sind.« »Wenn das so ist«, sagte sie, »möchte ich Ihnen die Krawatte umbinden. Fürstliche Hoheiten, würden sie die Güte haben, für einen kurzen Augenblick hinauszugehen, bis ich diesem Herrn, dem Bruder Ihres Hauslehrers, die Krawatte gebunden habe.« Die Kinder sahen sie erstaunt an – war es möglich, daß sie, die nur dazu erschaffen worden war, ihnen zu dienen, im Begriff war, einem einfachen Mann einen Dienst zu erweisen?

Daß die Dame sich so zuvorkommend zeigte, und die Königskinder so neidisch waren, versetzte mich in eine gute Stimmung. Ich brachte stotternd hervor: »Normalerweise pflege ich nicht in Konzerte zu gehen, aber eine Regel erhält ihr Recht durch die Bereitschaft, sie um der Mitmenschen willen außer Kraft zu setzen.« Die Dame schenkte meinen Worten keine Beachtung, sondern band den Knoten, löste ihn wieder, band ihn aufs neue und bemerkte zu jedem Knoten: »Nicht so einen wollte ich binden, ich mache Ihnen noch einen hübscheren.« Schließlich strich sie mir über den Arm und sagte: »Schauen Sie in den Spiegel, was für einen hübschen Krawattenknoten ich Ihnen gebunden habe.« Ich

erwiderte: »Ich kann nicht in den Spiegel schauen.«
»Warum?« »Weil der Spiegel auf der Innenseite der Schrank-
tür befestigt ist, und wenn ich den Schrank öffne, quietscht
die Tür und weckt meine Frau auf.« »Ihre Frau?!« schrie die
Dame wütend, »und Sie haben mit mir gesprochen, als ob
sich hier niemand außer uns beiden befände. Wenn Ihre
Frau hier ist, dann werden Sie doch glücklich mit ihr!« Die
Dame verließ das Zimmer und ging.

Meine Frau fragte mich: »Mit wem hast du gesprochen?«
Ich antwortete: »Ich habe mit niemandem gesprochen.« Sie
sagte: »Dann habe ich wohl geträumt.« »Geträumt oder
nicht geträumt«, sagte ich, »ich gehe jetzt ein bißchen spazieren und komme erst nach Mitternacht zurück.«

Ich ging hinaus und suchte den Unbekannten, den ich vor
dem Hotel zurückgelassen hatte, fand ihn jedoch nicht. Ich
fragte den Portier nach ihm. Er antwortete: »Vorher habe ich
noch so einen Menschen gesehen, der sich hier draußen her-
umgetrieben hat. Wenn ich gewußt hätte, daß er Ihr Freund
ist, hätte ich ihm mehr Aufmerksamkeit geschenkt.« Ich
fragte den Portier: »Und wo ist er?« – »Wo? Das weiß ich
wirklich nicht.« Ich sagte: »Können Sie mir sagen, welche
Richtung er wahrscheinlich eingeschlagen hat?« Der Portier
antwortete: »Ich vermute, daß er sich nach rechts gewandt
hat, vielleicht ist er aber auch nach links gegangen. Bei solchen Leuten weiß man nie, woran man ist, die treibt es über-
allhin.« Ich holte eine Sibermünze heraus und gab sie dem
Portier. Er verneigte sich und sagte: »Wenn Euer Hochwohlgeboren sich meinem Rat nicht verschließen will: Ihr könntet
das Haus für die Hotelangestellten aufsuchen, das fürstliche
Gesinde hat einen jüdischen Clown mitgebracht, und möglicherweise ist der Herr, den Euer Hochwohlgeboren sucht,
dort hingegangen, um sich die Kunststücke anzusehen.«

Ich ging zum Haus der Hotelangestellten und sah die Diener, die sich wie Herren hingesetzt hatten und sich den Bauch vor Lachen hielten, sowie einen kleinen, dürren, doch schönen Mann, der auf einer großen Bühne stand, allerlei Kunststücke vorführte und dazu begleitende Worte sprach. Waren sie lustig, war seine Stimme traurig, und wenn die Leute traurig waren, klang seine Stimme lustig. Ich weiß nicht, ob er das mit Absicht tat. In meinen Augen ist dies eine große Kunst, wenn ein Mann etwas Lustiges tut, seine Stimme aber dabei traurig klingt und umgekehrt. Ich sah mich um und entdeckte den Gesuchten. Ich winkte ihm mit den beiden Karten, doch er tat, als bemerkte er mich nicht, entzog sich meinem Blick und verschwand. Mir schien, daß er nur kurz weggegangen war, daß er nämlich meinetwegen das Weite gesucht hatte, aber zurückkommen würde, sobald ich fort wäre.

Ein anderer Mann kam auf mich zu; er hatte ein langes Gesicht und einen lustigen Bart. Er strich sich über den Bart und fragte mich: »Wen suchst du?« Ich sagte es ihm. Er meinte: »Auch ich könnte mit dir ins Konzert gehen.« Ich blickte ihn an und rief erstaunt aus: »Du?« Er schüttelte seinen Bart und sagte: »Warum nicht?« Spöttisch wiederholte ich: »Du?« Er griff sich an den Bart und ging weg. Ich grübelte: »Was mache ich jetzt?« Ich hob die beiden Karten in die Höhe und winkte noch einmal mit ihnen. Der, den ich gesucht hatte, ließ sich nicht sehen. Ich überlegte: »Nicht genug damit, daß ich ihn nicht mit dem Konzert erfreuen kann, ich halte ihn auch noch von den Kunststücken des Spaßmachers ab, denn solange ich hier bin, versteckt er sich vor mir.« Ich wandte mich ab und ging.

Da jener Unbekannte nicht gekommen war, verzichtete ich auf das Konzert. Weil ich aber zu meiner Frau gesagt hatte, daß ich nicht vor Mitternacht zurück sein würde, nämlich nicht bevor der Sänger seine Lieder zu Ende gesungen hätte, verfügte ich über genügend Zeit, um noch einen Spaziergang zu machen. Ich überdachte die Ereignisse, die sich eins nach dem anderen ergeben hatten, ohne miteinander in Beziehung zu stehen. Ich ging alles von Anfang bis Ende durch, angefangen mit der Leiter in dem Buchladen, dem »Lied vom befreiten Jerusalem« und jener kleinen Kreatur, deren Gewand ein Teil von ihr ist.

Nachdem ich in Gedanken einiges, was geschehen war, übergangen hatte, kam ich auf Moishele, meinen Verwandten, der dem Feuer der Krematorien entkommen war und nun von einem Abfallhaufen zum anderen irrte. Da der Sänger seine Lieder noch immer nicht beendet hatte, und es für mich noch nicht Zeit war, in mein Zimmer zurückzukehren, hatte ich Muße genug, mir vieles durch den Kopf gehen zu lassen. Ich spazierte gedankenverloren weiter und dachte: »Wenn ich Moishele jetzt begegnen würde, da ich nichts zu tun habe und einfach durch die Gegend gehe, dann würde ich mit ihm sprechen und mir von ihm all seinen Kummer erzählen lassen, wir würden uns wieder gut verstehen und ich brächte ihn in einem Gasthof unter, wo ich ihm etwas zu essen und zu trinken geben und ihm ein weiches Federbett besorgen könnte. Schließlich würden wir uns eine gute Nacht wünschen und uns voneinander verabschieden.« So dachte ich auf meinem Weg und kam zu der Überzeugung, daß mir wohl nichts Besseres widerfahren könnte. Aber das Glück steht nicht jederzeit für uns bereit, und auch nicht für jedermann. Moishele wurde vor dem Feuer der Krematorien gerettet und hatte das Glück, seinen Verwandten zu finden. Während mir, seinem Verwandten, die Gunst der Stunde nicht gewährt wurde, ich konnte Moishele nicht finden.

Endlich kam der Sänger mit seinen Liedern zum Schluß, und die Zuhörer machten sich auf den Heimweg. Auch ich ging zu meinem Hotelzimmer und schloß die Tür hinter mir, denn eine offene Tür ist eine Einladung für ungebetene Gäste. Es gibt jedoch Gäste, die sich durch keine Tür aussperren lassen: die Gedanken, die man sich über seine Taten macht. Von all diesen Gästen wurde die Luft in dem Raum immer schlechter, und mein Hals begann zu schmerzen, als ob ich ersticken müßte. Ich löste den Krawattenknoten, den mir das Kindermädchen gebunden hatte und fand ein wenig Erleichterung. Ich bekam etwas Luft, doch die Gäste drängten herein und brachten ihrerseits Gäste mit, und der Schmerz in meinem Hals kehrte zurück.

DER ERSTE KUSS

Es war Freitagnachmittag, der Vorabend zum Sabbat. Mein Vater war nicht in der Stadt. Seiner Geschäfte wegen war Vater in eine andere Stadt gefahren und hatte mich zurückgelassen, um auf den Laden aufzupassen. Ich war allein hier geblieben, sozusagen als Hüter des Ladens.

Als der Tag fast vorüber war, sagte ich mir: »Es ist Zeit, den Laden abzuschließen. Ich werde zumachen, nach Hause gehen und die Kleider wechseln, um ins Bethaus zu gehen.«

Ich nahm den Schlüsselbund aus seinem Versteck und ging den Laden abschließen.

Drei Mönche erschienen, in schweren, schwarzen Gewändern, mit Sandalen an den Füßen. Sie sagten: »Wir wollen mit dir reden.«

Ich überlegte mir: »Wenn sie mich geschäftlich sprechen wollen, dann ist dafür am Sabbatvorabend, kurz vor der Dämmerung, keine Zeit mehr. Und wenn sie ein Gespräch mit mir suchen, dann sind sie an den Falschen geraten.«

Sie bemerkten, daß ich mit der Antwort zögerte, und lächelten.

Einer von ihnen sagte: »Fürchte dich nicht, wir sind nicht gekommen, um dich davon abzuhalten, in die Synagoge zu gehen.« Sein Gefährte fügte noch hinzu: »Schau zum Himmel und sieh, die Sonne ist noch nicht untergegangen, noch haben wir Zeit.«

Der Dritte nickte und wiederholte, was die beiden anderen gesagt hatten, mit denselben oder mit anderen Worten. Ich sperrte den Laden ab und ging mit ihnen.

Es ergab sich, daß wir zu meinem Haus kamen.

Einer von ihnen streckte seine linke Hand aus und sagte: »Ist das nicht dein Haus?«

Sein Gefährte nickte: »Das ist sein Haus.«

Der Dritte ergänzte: »Sicher, das ist es, das ist sein Haus.« Mitten im Satz zeigte er mit drei Fingern auf das Haus meines Vaters.

Ich sagte zu ihnen: »Wir können hineingehen, wenn ihr wollt.«

Sie nickten und erwiderten: »Mit deiner Erlaubnis.«

Ich machte mit ihnen einen Bogen um die ganze Straße und stieg mit ihnen einen Abhang hinab, bis wir unterhalb des Straßenverlaufs ankamen; das Haus meines Vaters hat zwei Eingänge, einer führt zur Straße hinaus, wo auch sein Laden ist, der andere führt auf eine Seitengasse, in der sein Lehrhaus steht. Wochentags waren beide Türen geöffnet, doch am Sabbatvorabend wurde, wenn es dämmerte, die eine verschlossen und die andere offen gelassen. Die Tür, die zur Straße führt, wurde abgeschlossen, und die Tür zum Lehrhaus blieb offen.

Ich öffnete die Tür, und wir traten ein.

Ich führte sie in das große Zimmer und bot ihnen auf den Stühlen Platz an, die bei der Vorbereitung des Sabbat um den gedeckten Tisch gestellt waren. Sie setzten sich um den Tisch, ihre Gewänder fielen nach unten und bedeckten unterhalb ihrer Sandalen den Teppich, der auf dem Fußboden lag. Mutter hatte ihn wie jede Woche zu Ehren des Sabbat ausgebreitet.

In dieser Anordnung saßen sie: der alte Mönch, ein dikker, beleibter Mann, saß am Kopfende der Tafel, und seine beiden Gefährten, von denen der eine dünn und groß war, mit schütterem Haar um die Tonsur, die eine gerötete Beule aufwies, während bei dem anderen nur sein Adamsapfel auffiel, saßen je an einer Seite des Tisches. Wo ich saß? Ich hatte mich gar nicht gesetzt, sondern war stehengeblieben. Das ist begreiflich, denn wer in Eile ist, aber Gäste zu empfangen hat, bleibt stehen und setzt sich nicht.

Sie fingen an, sich zu unterhalten, aber ich schwieg. Als sie die beiden Sabbatleuchter auf dem Tisch sahen, sagten sie: »Seid ihr nicht zu dritt? Du, dein Vater und deine Mutter? Das kann doch nicht sein, daß deine Mutter keine Kerze für den Sohn anzündet.«

Ich antwortete ihnen: »Meine Mutter befolgt einfach den Brauch, den sie mit dem ersten Sabbat nach ihrer Hochzeit begann, nämlich nur zwei Kerzen am Sabbat anzuzünden.«

Sie begannen, alle möglichen Regeln über Sabbatkerzen zu erörtern.

Ich sagte: »Keine eurer Begründungen trifft zu. Es ist vielmehr so, daß eine Kerze die schriftliche Tora bedeutet und die andere die mündliche, und beide sind die eine Tora; darum sprechen wir von der Sabbatkerze auch nur im Singular, obwohl zwei Kerzen damit gemeint sind. Doch ich sehe, daß ihr mit den jüdischen Gebräuchen vertraut seid.«

Sie lächelten, aber ihr Lächeln verlor sich sofort in den Falten ihrer Gesichter.

Derjenige, den ich als Dritten bezeichnet habe, meinte: »Was ist denn Ungewöhnliches daran, daß wir in jüdischen Bräuchen bewandert sind, wir gehören ja zu dem Orden...«

Mir schien, er sagte, sie wären Dominikaner, aber bei den Dominikanermönchen ist es nicht üblich, daß sie ihren Klosterbezirk im Ordenshabit verlassen, während diese drei ihre Ordenstracht anhatten. Sicher nannte er einen anderen

Orden, doch wegen der Bewegungen seines Adamsapfels waren seine Worte nicht deutlich zu hören.

Ihre Unterhaltung lenkte mich ab, und ich vergaß, daß man Vorbereitungen für die Begrüßung des Sabbat zu treffen hat. Ich bat die Hausangestellte, Erfrischungen zu reichen.

Sie brachte einige von den Leckerbissen, die zur Ehre des Sabbat vorbereitet worden waren, und ich setzte ihnen einen Krug Branntwein vor.

Sie aßen, tranken und redeten. Da die Zeit drängte, war ich nicht in der Lage, ihnen zuzuhören.

Zwei- oder dreimal fiel mir ein, daß es Zeit wäre, den Sabbat zu empfangen. Als ich aus dem Fenster sah, bemerkte ich, daß die Sonne immer noch an demselben Ort stand wie vorher, kurz bevor mich die drei Mönche behelligt hatten. Es war unmöglich, daß hier Zauberei im Spiel war, denn ich hatte ja mehrmals die Rede auf Gott gebracht, aber genauso unmöglich war es, daß ich mich in der Zeit vertan hatte, denn der Synagogendiener hatte wirklich noch nicht zum Gebet gerufen. Auf jeden Fall ging hier etwas Wunderliches vor, denn als die Mönche erschienen waren, war die Sonne schon fast untergegangen, und inzwischen hatten sie gegessen, getrunken und sich unterhalten, doch die Sonne hatte sich nicht von der Stelle bewegt, wo sie kurz vor dem Eintreffen der Mönche gestanden hatte. Noch unerklärlicher verhielt es sich mit der Uhr. Selbst wenn man zu bedenken gäbe, daß ich nicht daran gedacht hätte, vor dem Sabbat die Uhr aufzuziehen, weil ich mit den Mönchen beschäftigt war, hätte unsere Uhr bis jetzt ja noch immer laufen müssen.

Meine Mutter trat ein und zündete die Kerzen an.

Die Mönche erhoben sich und waren sogleich am Hinausgehen.

Ich begleitete sie.

Einer von ihnen stieß mich. Ich war bestürzt: nachdem ich ihnen soviel Ehre erwiesen hatte, behandelte mich einer von ihnen so, und seine Gefährten schalten ihn nicht einmal.

Ich kehrte nicht nach Hause zurück, damit Mutter nicht bemerkte, daß mir etwas zugestoßen war. Ich ging auch nicht zum Bethaus, denn bis ich die Berührung durch den Mönch abgewaschen hätte, wären die Gebete schon zu Ende gewesen.

Ich glich einem trägen Menschen, der sich zwischen hier und dort nicht entscheiden kann.

Zwei Novizen erschienen und fragten mich: »Wohin sind die Väter gegangen?«

Ich vernahm es und staunte. Solche Leute nennt man also Väter. Bevor ich mich von meiner Überraschung erholt hatte, war einer von ihnen verschwunden und ließ seinen Kameraden zurück. Vor meinen Augen war er verschwunden. Nur der andere war noch da.

Verwirrt und erstaunt stand ich da – er dagegen, als ob nichts geschehen wäre.

Ich betrachtete ihn. Er war jung und nicht viel größer als ein kleiner Junge. Seine Augen waren schwarz, und gäbe es nicht das Verbot »Erweise ihnen keine Gunst« (Dtn 7,2)[1], das auch heißt, daß man ihnen keine Schönheit zuschreiben soll, dann würde ich sagen, seine Augen waren wunderschön und voller Anmut; sein Gesicht war glatt und gänzlich bartlos. Er glich einem jener Knaben, die es in früheren Zeiten in den Städten Israels gegeben hatte und die noch rein von jeder Sünde waren. Außerdem hatte er etwas an sich, das seine Schönheit noch strahlender erscheinen ließ.

Ich verwickelte ihn in ein Gespräch, um ihn betrachten zu können.

Mitten in der Unterhaltung legte ich meine Hand auf seine Schulter und sagte: »Hör, Bruder, bist du kein Jude?«

Ich spürte seine Erregung unter meiner Hand, sah die Unruhe in seinen Augen, und wie er den Kopf senkte, und bemerkte, daß er im Innersten getroffen war.

Ich wiederholte meine Frage: »Sag, du bist doch ein Jude?«

Er hob den Kopf und antwortete: »Ich bin ein Jude.«

Ich sagte: »Wenn du ein Jude bist, was machst du dann bei denen?«

Er senkte sein Haupt und schwieg.

Ich fragte ihn: »Wer bist du, und woher kommst du?«

Er blieb stumm.

Ich näherte meinen Mund dem seinen, als ob ich erwartete, daß er mit dem Mund hören könnte.

Er hob den Kopf, und ich sah, wie sein Herz klopfte.

Auch mein Herz begann zu klopfen.

Er betrachtete mich mit seinen hübschen, schwarzen Augen, die voller Zärtlichkeit waren, voller Vertrauen und Liebe, doch vor allem lag tiefe Verzweiflung darin, wie bei jemand, der seinen Willen überwindet und im Begriff steht, Dinge zu enthüllen, die er zurückgehalten hatte.

Ich fragte mich: »Was hat das alles zu bedeuten?«

Die Zeit verging – ich weiß nicht wie rasch –, ohne daß er etwas gesagt hätte.

Ich fragte: »Fällt es dir so schwer, mir zu sagen, wer du bist, und woher du kommst?«

Er flüsterte den Namen seiner Stadt.

Ich sagte: »Wenn ich richtig gehört habe, kommst du aus der Stadt Likovitz.«

Er nickte.

Ich fuhr fort: »Wenn du aus Likovitz kommst, dann

kennst du sicher den Zaddik von Likovitz (früher sagte man »Zaddik«, heute heißt es »Admor«[2]). Einmal betete ich am Neujahrsfest in seinem Lehrhaus, und er war der Vorbeter. Als er zu der Stelle »Und alle werden eilen, Dir zu dienen« kam, schien mir, als hörte ich das Fußgetrampel aller Völker, die weder Israel kennen noch den Vater im Himmel, ich glaubte ihr eiliges Kommen zu hören, und als er sagte: »Die Irrenden werden zur Einsicht gelangen«, kam es mir vor, als ob sie sich alle zusammentaten, um dem Herrn der Heerscharen, dem Gott Israels zu dienen. Mein Bruder, schmerzt dich etwas?«

Er schluchzte unter Tränen.

Ich fragte ihn: »Warum weinst du?«

Seine Augen füllten sich wieder mit Tränen.

Er wischte sich die Tränen ab, und sagte weinend: »Ich bin seine Tochter, seine jüngste Tochter, die Tochter, die ihm im Alter geschenkt wurde.«

Mein Herz raste, unsere Lippen fanden sich, mein Mund verging in süßer Wonne auf ihrem Mund, und vielleicht erging es ihr ebenso. Man bezeichnet dies in der Heiligen Sprache – und gewiß auch in allen anderen Sprachen – als »Kuß des Mundes«.[3] Ich muß noch hinzufügen, daß dies das erste Mal war, daß ich ein Mädchen geküßt habe; ich bin fast sicher, daß es auch ihr erster Kuß war, ein jungfräulicher Kuß, der keine Leiden kennt, in dem nur Glück, segensreiches Leben und gütige Liebe liegt, die Mann und Frau bis ins hohe Alter begleiten.

NACHWORT DES ÜBERSETZERS

Bereits in der ersten Ausgabe der *Gesammelten Werke* von Samuel Josef Agnon, die der Schocken Verlag unter Mitwirkung des Autors Anfang der dreißiger Jahre zu publizieren begann, erschienen im vierten Band (1931) mehrere Erzählungen unter dem Titel »Liebesgeschichten« *(Sippure ahavim)*. Liebe wird in diesen frühen Erzählungen mit Schmerz, Schuld und Wahn zusammengebracht, wie es der pessimistischen Sichtweise des Autors entspricht: Liebe läuft immer Gefahr, sich im Geflecht unerwiderter Leidenschaft, demütigender Anbiederung und dem Gefühl der Scham zu verlieren. Agnon beschrieb auch nach dem Erscheinen der »Liebesgeschichten« immer wieder das spannungsreiche Verhältnis zwischen Mann und Frau, das von unbefriedigender Einsamkeit und unerfülltem Zusammensein gleichermaßen geprägt wird. Er geht mit großem psychologischen Einfühlungsvermögen auf die Problematik zwischen Nähe und Ferne ein, die sich in den unterschiedlichsten Beziehungen konkretisiert und die immer um *Liebe und Trennung* kreist. Der vorliegende Band repräsentiert in der chronologischen Reihenfolge des Entstehens eine Auswahl aus Agnons gesamtem erzählerischen Werk zu diesem Thema.

In der ersten Erzählung wurde der hebräische Titel *Agunot* aus zwei Gründen beibehalten: erstens wird die wörtliche deutsche Übersetzung »verlassene Frauen« der Bedeutung für diese Geschichte nicht ganz gerecht (das Wort wird im dritten Kapitel erklärt),[1] und zweitens könnte kein anderer Titel die enge Verbundenheit des Autors, der seinen bürgerlichen Namen »Czaczkes« in »Agnon« änderte, mit seiner Erstveröffentlichung *Agunot* zum Ausdruck bringen. In einem Interview erklärte Agnon: »Da war ein Mädchen von vierzehn Jahren, Anna, verheiratet. Der Mann war plötzlich verschwunden. Man konnte ihn nicht finden. Nun konnte dieses Mädchen von vierzehn Jahren nicht mehr heiraten. Sie blieb gebunden an den Mann, der nicht mehr da war. Das hat mir großen Eindruck gemacht. Agnon aber heißt: Der Gebundene. – Ja, und so ist es geblieben. Es gibt den Bürger Czaczkes, und es gibt den Dichter Agnon, gebunden an seine Geschichte, an die Geschichte Israels und an die Geschichten, die ich erfahren habe und die in mir sind.«[2]

Die Erzählung *Agunot* widmete Agnon seinem Herausgeber Simcha ben Zion; es war die erste Geschichte, die er in Israel veröffentlichte – und beide Angaben finden sich auf modifizierte Weise im Untertitel zu *Agunot*, wo der Autor vermerkt, daß es sich bei der folgenden Erzählung um eine »große Begebenheit« aus dem »Heiligen Land« handle; Agnon fügt noch die traditionelle Formel hinzu, mit der die religiöse Hoffnung auf Israels Erlösung zum Ausdruck gebracht wird, und widmet die Geschichte dem Rabbi S. ben Zion. Der Autor stellt die Erzählung *Agunot* von Anfang an in die Tradition religiöser Schriften. Er beginnt, wie Gershom Scholem voll Bewunderung schreibt, »mit einem langen Zitat aus einem der alten und vergessenen Bücher, mutmaßlich aus einem kabbalistischen, als Leitmotiv«,[3] und gestaltet die fortlaufende Erzählung in Form einer homiletischen Interpretation des Hohenliedes, in der zentrale Begriffe der religiösen Überlieferung aufgegriffen und literarisch ausgeführt werden. Im Mittelpunkt der Erzählung steht einerseits das Verhältnis von Gott zur »Gemeinde Israel«, das bereits im rabbinischen Schrifttum auf das Hohelied übertragen wurde, und andererseits die symbolische Charakterisierung der Hauptpersonen, deren Beziehungsprobleme religiös überhöht werden, so daß auch die unerfüllte Liebe der Protagonisten letztlich an die im Hohenlied geschilderte Sehnsucht des Liebespaares erinnert. Dina (die Tochter Jakobs), Ben Uri (Bezalel ben Uri ist der »Baumeister« des biblischen Heiligtums) und Ezechiel (der Exilprophet) sind explizit biblische Namen, die darauf hinweisen, daß sich die Konflikte der Personen paradigmatisch für die jüdische Geschichte im Spannungsfeld von Diaspora und Heiligem Land, Exil und Erlösung, Kunst und Leben zuspitzen.[4] Die beiden Phänomene, die sich in Agnons Erzählungen finden – zum einen eine Art Kommentierung heiliger Schriften und zum anderen das bewußte Einsetzen der hebräischen Sprache als Trägerin religiöser Vorstellungen –, treten in der ersten, im »Heiligen Land« entstandenen Erzählung deutlicher zutage als in späteren Liebesgeschichten, die thematisch gleichwohl dieselbe Problematik behandeln.[5]

Die *Erzählung vom Kopftuch*, die hier in der klassischen Übersetzung von Nachum N. Glatzer wiedergegeben wird,[6] ist im Stil religiöser Erbauungsliteratur geschrieben. Der Schlüssel zum Verständnis dieser Geschichte, die auch autobiographische Reminiszenzen enthält, liegt in einer talmudischen Legende (bSan 98a), in der es heißt, daß der Messias als Bettler vor den Toren Roms sitzt und seine Wunden auf- und zubindet, immer bereit für den Tag der Erlösung. So wie das Kommen des Messias in dieser *Aggada* letztlich von der Erfüllung der religiösen Gebote abhängt, kulminiert die *Erzählung vom Kopftuch* in dem Dienst der Nächstenliebe, den der Ich-Erzähler nach seiner *Bar Mitzva* dem Bettler erweist: er schenkt ihm das Kopftuch seiner Mutter und trennt sich von dem Symbol seiner unschuldigen Kindheit.

Das Ereignis der Scheidung bestimmt sowohl in der Erzählung *Ein anderes Gesicht* den Verlauf der Handlung (hier stellt es den auslösenden Faktor dar) als auch in *Der Arzt und seine geschiedene Frau* (hier steht es als unvermeidliche Folge einer bis zum Ende der Erzählung nicht lösbaren Schwierigkeit bevor). In der Geschichte *Ein anderes Gesicht* leitet die Scheidung einen Erkenntnisprozeß ein, der sich schließlich als heilsam erweist und sogar die Hoffnung auf eine Wiederversöhnung – die in der Geschichte offengelassen wird – ermöglicht. Der Ich-Erzähler schildert zunächst auf sehr verhaltene Weise das erneute Erwachen zärtlicher Gefühle; die Blicke, Gesten und die Stimmung während eines Spaziergangs in der Abenddämmerung bestimmen die Szenerie. Wie kaum in einer anderen Erzählung versucht Agnon den Eindruck einer mit sinnlicher Begierde aufgeladenen erotischen Atmosphäre zu erwecken – die gegenseitige Anziehung wird zwar immer stärker, ihren Höhepunkt findet die Geschichte jedoch lediglich in der Vereinigung der beiden Schlafenden im Traum.

Ganz anders verläuft dagegen das wie ein Bekenntnis erzählte Liebesverhältnis in *Der Arzt und seine geschiedene Frau*. Die Erzählung spielt im Wien der dreißiger Jahre. Auf dem Hintergrund der politischen und gesellschaftlichen Wirrnisse der Zeit schildert Agnon eine zum Scheitern verurteilte Liebesgeschichte zwischen dem scheinbar rationalistisch gesonnenen Arzt und einer eher intuitiv handelnden Krankenschwester. Die Liebe des Arztes zerbricht an seiner unkontrollierbaren, krankhaften Eifersucht; der Titel nimmt das Ende der Geschichte vorweg.

Die 1943 veröffentlichte und im Genre des Schauerromans gehaltene Erzählung *Die Dame und der Hausierer* ist eine spannende Vampirgeschichte. Wieder benutzt Agnon die Technik symbolischer Namengebung: Helena steht für die hellenistische Kultur, die das Judentum, welches Josef repräsentiert, zu verschlingen droht. Beides sind zwar archetypische Gestalten für die sexuelle Anziehung der beiden Geschlechter, aber die implizite Wertung unterscheidet den in seiner Reinheit schönen Josef (aus der biblischen Josefslegende) von der Schönheit Helenas (die Krieg und Untergang auslöste).[7] Die Erzählung *Die Dame und der Hausierer* stellt den Versuch dar, die Gefahr, die dem traditionellen Judentum durch die Säkularisation droht, in der literarischen Figur einer *femme fatale* zu verkörpern.

Der Titel der Erzählung *Fernheim* bezieht sich einerseits auf den gleichlautenden Namen der Hauptperson, und bestimmt andererseits in programmatischer Weise den Verlauf dieser realistischen Geschichte, die im Milieu assimilierter deutscher Juden nach dem Ersten Weltkrieg spielt. Der nach langer Kriegsgefangenschaft heimkehrende Soldat Fernheim stößt nicht nur bei seinen engsten Verwandten auf demütigende Ablehnung, sondern auch bei seiner Frau. Die Hoffnung auf das Wiedersehen mit ihr half dem Soldaten, die bittere Gefangenschaft zu überleben, aber das Stigma des Außenseiters und die lange Entfremdung ließen bei jenen, die für ihn Heimat bedeuteten, die Maske geheuchelter Anteilnahme fallen: die Verhältnisse machen ihn zum unerwünschten, unwillkommenen Gast. Selbst die Liebe seiner Frau, so wird ihm offenbart, war nur eine Illusion.

Heimatlosigkeit ist auch das Thema von *Die Nacht*, wörtlich »die Nacht der Nächte«.[8] Diese zu Pessach am 20. April 1951 in der israelischen Tageszeitung *Ha-aretz* veröffentlichte Erzählung schildert die abweisende Haltung, die

den aus Europa ankommenden Flüchtlingen, zumeist Über-
lebende der Konzentrationslager, kurz nach dem Zweiten
Weltkrieg in Israel entgegenschlug. Zwar klingen in Agnons
Erzählung auch sozialkritische Töne an, aber unter dem
Eindruck der Auslöschung des europäischen Judentums lag
dem aus Galizien stammenden Autor offenbar mehr daran,
nostalgische Kindheitserinnerungen, eine Verklärung der
Vergangenheit zu überwinden. Der Ich-Erzähler, der »nur
wie ein Gast zur Nacht«[9] in einem Hotel wohnt, fühlt sich
von der Ankunft seines Verwandten Moishele, der Auschwitz überlebt hat, in seiner Privatsphäre gestört: der einst-
mals geliebte Jugendfreund ist in dem vornehmen Hotel fehl
am Platz; statt Moishele eine andere Unterkunft zu verschaffen, besorgt er sich Karten für einen Liederabend.
Durch äußere Umstände am Besuch des Konzerts gehindert,
erhält der Ich-Erzähler Gelegenheit, seine eigene Lebensge-
schichte Revue passieren zu lassen und sich der unterlasse-
nen Zuwendung bewußt zu werden. In dramatischer Dichte
werden im Verlauf einer einzigen Nacht die unbegreifliche
Zurückweisung und ihre fatalen Folgen offenbar.

In Struktur und Duktus ist *Die Nacht* den Erzählungen
aus dem *Buch der Taten*[10] verwandt. Dasselbe gilt für die
Geschichte *Als der Tag begann*, die am Vorabend des Versöhnungsfestes, dem wichtigsten Tag im jüdischen Kalen-
der, spielt. Die Erzählung, deren erste Fassung bereits 1943
erschien, führt augenscheinlich in die galizische Heimat des
Autors zurück: in *Als der Tag begann* wird das Trümmer-
feld der Vergangenheit in einer »Melange fragmentarischer
Erinnerungen«[11] aufgearbeitet. Das Bestreben des Ich-Erzählers, ein Gewand für die Nacktheit seiner Tochter (d.h.
seiner Seele) zu finden, bestimmt die alptraumartig verlau-
fende Handlung. In der Gestalt der Tochter, gewissermaßen

das weibliche Prinzip des Ich-Erzählers im Prozeß seiner Gotteserkenntnis, personifiziert sich seine Sehnsucht nach Gottesnähe, die erst dann erfüllt wird, als er sich »im alten Lehrhaus« dem Gebet religöser Juden anschließt. Im Gegensatz zu den anderen vorliegenden »Liebesgeschichten« schildert Agnon in *Als der Tag begann* seine ganz persönliche, an die Tradition gebundene Liebe zu Gott. Die Trennung der profanen von der heiligen Sphäre konkretisiert sich in dieser Erzählung unter anderem in der Gegenüberstellung von hebräischem Alphabet, das den Gebeten zugrunde liegt, und dem grotesken Traum von dem »verschwundenen« Sohn eines befreundeten Rabbiners, der in Gestalt eines Vogels das lateinische Alphabet rezitiert.

Auch in der letzten Erzählung dieses Auswahlbandes, *Der erste Kuß*, wird die durch das Fest geheiligte Zeit zum Dreh- und Angelpunkt des Handlungsverlaufes. Hier bestimmt der Eintritt des Sabbat die Grenze zwischen weltlichen und religiösen Belangen. Interessanterweise läßt Agnon in dieser Geschichte ein Religionsgespräch zwischen drei Mönchen und dem jüdischen Erzähler stattfinden. Während ihres Gespräches scheint die Zeit stillzustehen. Erst das Treffen mit einem jungen Novizen, das alle Elemente einer homoerotischen Liebe enthält, leitet das wunderbare Ende der Erzählung ein: Der Novize entpuppt sich als Tochter eines berühmten chassidischen Rabbis, und die Liebe des Erzählers findet ihre Erfüllung in seinem ersten Kuß, der nicht weniger als die Neujahrspredigt des Rabbis, derer er sich entsinnt, Erlösung und endzeitliches Heil aller Menschen vorwegnimmt. Die Erwiderung der Liebe läßt den Sabbat beginnen.

Mit dem Band *Liebe und Trennung* soll eine Anthologie von Agnons »Liebesgeschichten« vorgelegt werden, die der

Vielfalt dieses Themas in Agnons Gesamtwerk entsprechen möchte. Neben dem realistischen, »modernen« Ansatz des Autors geht es vor allem um die religiös tradierte Bedeutung der Liebe, die unmittelbar mit Agnons Erzähltechnik verflochten ist.

Die vorliegenden Erzählungen sind zum Teil über mehrere Jahre hinweg vom Autor überarbeitet worden, der nicht nur stilistisch an seinem Ausdruck feilte, sondern vor allem dem zugrundeliegenden Thema bis ins einzelne Wort hinein gerecht werden wollte. Diese Leidenschaft zur exakten Formulierung wurde oft zum »Alpdruck« der Verleger des »Perfektionisten«[12] Agnon. Sie setzt sich jedoch im größeren Rahmen auch in seinem Ringen um die richtige Form der Erzählungen fort, die durch ihren Facettenreichtum den Weltruhm des Nobelpreisträgers begründeten.

Gerold Necker

ANMERKUNGEN

AGUNOT

1 Umkehrung der biblischen Verheißung: »(damit ich) die Trauernden Zions erfreue, ihnen Schmuck bringe anstelle von Schmutz, Freudenöl statt Trauergewand, Jubel statt der Verzweiflung« (Jes 61,3).

2 Vgl. Hld 5,6: »Doch der Geliebte war weg, verschwunden ... Ich suchte ihn, ich fand ihn nicht.«

3 »Diese Welt gleicht einem Vorhof für die jenseitige Welt« (Pirqe Avot 4,16). »Vorhof« und »Palastraum (triclinium)« sind Bezeichnungen für die diesseitige bzw. jenseitige Welt.

4 Im 18-Bitten-Gebet heißt es: »Kehre zu deiner Stadt Jerusalem in Erbarmen zurück, wohne in ihr, wie du gesagt hast, erbaue sie bald in unseren Tagen ... Gepriesen seist Du Gott, der Jerusalem erbaut.«

5 Vgl. Neh 5,19: »Denk daran, mein Gott, und laß mir all das zugute kommen, was ich für dieses Volk getan habe.«

6 Bezeichnung für das Heilige Land.

7 Vgl. Ps 119,164: »Siebenmal am Tag singe ich dein Lob wegen deiner gerechten Entscheide.«

8 I Reg 18,13; Est 1,7 und 2,18.

9 Vgl. Ex 25,18-20.

10 Im Original in gereimter Prosa.

11 Wörtlich (aramäisch): »Es gab keine Stelle, die frei von ihm war.«

12 Vgl. Mischna Arachin 2,6: »Ein Unmündiger wurde nur in den Vorhof zum Gottesdienst eingelassen, wenn die Leviten sangen. Sie trugen nicht mit der Leier oder Harfe vor, sondern mit dem Munde, um den Wohlklang zu würzen« (Übers. M. Krupp).

13 Im Morgengebet heißt es: »Die Seele, die Du mir rein gegeben hast, Du hast sie erschaffen, Du hast sie gebildet, Du hast sie mir eingehaucht, und Du hütest sie in mir, Du wirst sie einst von mir nehmen und sie mir wiedergeben in der zukünftigen Welt.«

14 Wörtlich: Wie lange werden sich die Seelen »abschließen«, in der Bedeutung von Ruth 1,13: »Wolltet ihr euch so lange abschließen und ohne einen Mann leben?« Auf diesen Bibelvers geht auch die Bedeutung von *Agunot* – verlassene Frauen – zurück.

15 Eine Art Spaßmacher oder Maître de plaisir.

16 Das Gebet »Höre Israel« besteht aus den drei Bibelabschnitten Dtn 6,4-9; 11,13-21 und Num 15,37-41.

17 Wörtlich: Auf seiner »Zunge war gütige Lehre« (Spr 31,26).

18 Vgl. Talmud Bavli, Gittin 90b und Sanhedrin 22a.

19 Vgl. Dtn 6,4-9.

20 Wörtlich:»Welt des Tohu«.

DIE ERZÄHLUNG VOM KOPFTUCH

1 (Klause). Kleineres Bet- und Lehrhaus.

DIE DAME UND DER HAUSIERER

1 Vgl. Jes 60,2.

2 Im hebräischen Original umschrieben als »Bildnis aus Stein«.

FERNHEIM

1 Im hebräischen Original auf deutsch.

ALS DER TAG BEGANN

1 In der jüdischen Liturgie beginnt der Tag mit dem Vorabend, in der folgenden Erzählung ist es der Vorabend des Versöhnungsfestes.

2 Nach chassidischer Tradition gewährt der »Hauch aus dem Mund der (engelgleichen) kleinen Kinder« am Versöhnungstag Israels Gebeten Einlaß in die Pforten himmlischer Gnade (vgl. Jakob ben Wolf Kranz, *Ohel Ja'aqov*); in der frühen jüdischen Mystik geht ein »Hauch aus dem Mund der *chayyot*«, der höchsten Engelklasse, hervor (vgl. *Ma'ayan Chochma*).

3 Ort zur Aufbewahrung unbrauchbar gewordener Kultgegenstände und religiöser Schriften.

4 Am Vorabend des Versöhnungsfestes wird für nahe Verwandte eine Kerze angezündet.

5 Wörtlich: »Bedürfnis«.

DIE NACHT

1 Glosse im Midrasch Rabba zu Genesis 3,22 (Parascha 21), wo statt
»Schlange« wahrscheinlich »Schnecke« zu lesen ist.

DER ERSTE KUSS

1 Vgl. Rashi zu Dtn 7,2: »Und erweise ihnen keine Gunst, laß sie keine
Gunst bei dir finden; man darf z.b. nicht sagen, wie schön ist dieser
Heide!«

2 Beides sind Titel für chassidische Rabbis: »Zaddik« bedeutet wörtlich
»Gerechter«, »Admor« ist eine Abkürzung für »unser Herr, unser Lehrer, unser Meister«.

3 Vgl. Hld 1,2: »Mit Küssen seines Mundes bedecke er mich.«

NACHWORT DES ÜBERSETZERS

1 Ernst Müller hat in seiner deutschen Übertragung von 1910 (in: Die
Welt, Bd. 14/9, Berlin) den Titel »Seelenverbannung« gewählt. Müller
hat diese frühe Erzählung aus dem noch ungedruckten Manuskript
übersetzt. *Agunot* ist aber vom Autor inzwischen mehrmals überarbeitet worden, deshalb wurde sie für die vorliegende Ausgabe neu übersetzt.

2 In: Zeitschrift des Züricher Buchclubs »ex libris« vom September 1968,
Heft 9.

3 Gershom Scholem, »S.J. Agnon – der letzte hebräische Klassiker?«, in:
Judaica 2, Frankfurt am Main 1987, S.95.

4 Vgl. Gershon Shaked, »Midrash and Narrative: Agnon's Agunot«, in:
Midrash and Literature, herausgegeben von G.H. Hartman und S. Bu-
dick, London 1986, S.285 – 303.

5 Die Erzählung *Agunot* wurde deshalb ausführlicher als die übrigen Geschichten kommentiert, wenngleich auch diese kommentierenden Hin-
weise nicht den ganzen Anspielungsreichtum von Agnons Erzählung er-
schließen können.

6 Die Übersetzung erschien 1935 in dem Sammelband *In der Gemein-
schaft der Frommen*, Schocken Verlag, Berlin; Agnon nahm an dieser
Erzählung mehrmals eine Titelrevision vor: Sie erschien 1933 unter dem
Titel *mitpachat shel imi ʾaleha hashalom (Das Kopftuch meiner Mutter,
sie ruhe in Frieden)* und wurde im selben Jahr sowohl unter dem Titel *se-*

fer hamitpachat (Das Buch vom Kopftuch) als Einzelausgabe gedruckt, als auch von Nachum N. Glatzer aus dem Manuskript mit dem Titel *ma'ase bemitpachat (Die Erzählung vom Kopftuch)* übersetzt. In den *Gesammelten Werken* wurde der Titel der Erstveröffentlichung von 1932 beibehalten: *hamitpachat (Das Kopftuch)*.

7 Gershon Shaked weist auf zwei weitere historische Konnotationen hin, die mit den beiden Namen verbunden werden können: Josef de la Reyna, der Kabbalist, der gegen die Mächte der Dunkelheit, besonders gegen die dämonische Gestalt der Lilith, kämpfte. Vgl. Gershon Shaked, *Shmuel Yosef Agnon. A Revolutionary Traditionalist*, New York 1989, S. 119.

8 Der Titel erinnert an die im Verlauf der Pessach-Haggada vom jüngsten Familienmitglied zu stellende Frage: »Wodurch unterscheidet sich diese Nacht von allen anderen Nächten?«

9 So lautet auch der Titel von Agnons 1939 erschienenem autobiographischen Roman, der von seiner Reise nach Buczacz (im Roman: »Szybuscz«), seiner Heimatstadt, handelt. S. J. Agnon, *Nur wie ein Gast zur Nacht*, Frankfurt am Main: Jüdischer Verlag im Suhrkamp Verlag, 1993.

10 S.J. Agnon, *Buch der Taten*, Frankfurt am Main: Jüdischer Verlag im Suhrkamp Verlag, 1995.

11 Arnold J. Band, *Nostalgia and Nightmare*, Berkeley/Los Angeles 1968, S. 359ff.

12 Gershom Scholem, *Judaica* 2, Frankfurt am Main 1987, S. 98.

NACHWEISE

Agunot
   ha-omer II/1, Jaffa 1908; *besod yesharim* (Sammelband mit 4 Erzählungen) Berlin 1921; *kol sipurav shel Sh. Y. Agnon (Gesammelte Werke)*,
   Edition I, Band 3, Berlin 1931; *Gesammelte Werke* II, Band 2, Tel Aviv
   1953.

Die Erzählung vom Kopftuch – ha-mitpachat
   davar (musaf), 1932 (22.7), VII/33; *ha-hed*, 1933, IX/3 (Kislev) 21-24
   (dieselbe Erzählung unter dem Titel *mitpachat shel imi 'aleha ha-sha-
   lom*); Einzelausgabe 1933 Berlin (dieselbe Erzählung unter dem Titel *se-
   fer ha-mitpachat*); *Gesammelte Werke* I, Band 6, 1935; *Gesammelte
   Werke* II, Band 2, 1953.
   Übersetzung: N. Glatzer, *Die Erzählung vom Kopftuch*, in: *In der Ge-
   meinschaft der Frommen*, Berlin 1935.

Ein anderes Gesicht – panim acherot
   davar (musaf), 1933 (12.12) VIII/8; *gilyonot*, 1941, XII/9 (Av-Elul); *Gesammelte Werke* I, Band 8, 1941; *Gesammelte Werke* II, Band 3,
   1953.

Der Arzt und seine geschiedene Frau – ha-rofe ugerushato
   bakur, 1941 (zeitgenössischer Sammelband); *Gesammelte Werke* I,
   Band 8, 1941; *Gesammelte Werke* II, Band 3, 1953.

Die Dame und der Hausierer – ha-adonit veha-rokhel
   Basa'ar, 1943, (Hrsg. Y. Fichman); *Gesammelte Werke* I, Band 10,
   1951; *Gesammelte Werke* II, Band 6, 1953.

Fernheim
   ha-aretz, 1949 (13.4.); *Gesammelte Werke* I, Band 11, 1952; *Gesammelte Werke* II, Band 7, 1953; *orot* II/22, 1955 (Adar).

Als der Tag begann – im kenisat ha-yom
   Ursprünglicher Titel: *ben ha-bayit vele-hatser*, in: *moznayim* XVI/1,
   1943 (Nisan); nach Text- bzw. Titelrevision in: *ha-aretz*, 1951 (20.4);

Gesammelte Werke I, Band 11, 1952; *darom* XV/12, Buenos Aires 1952; *Gesammelte Werke* II, Band 7, 1953.

Die Nacht – laila min ha-lelot
ha-aretz, 1951 (20.4.); *Gesammelte Werke* I, Band 11, 1952; *Gesammelte Werke* II, Band 7, 1953; *Yiddisher Sammelband*, Tel Aviv 1969.

Der erste Kuß – ha-neshika ha-rishona
keshet 20, 1963; *pit'chey devarim*, Tel Aviv 1977 (Sammelband mit 13 Erzählungen, teils fragmentarisch).

Alle Nachweise nach Werner Martin (Hrsg.), *Samuel Josef Agnon. Eine Bibliographie seiner Werke*, Hildesheim/New York 1980.